文春文庫

しのぶ恋

浮世七景

諸田玲子

文藝春秋

目次

しのぶ恋

浮世七景

太鼓橋雪景色

安藤広重「目黒太鼓橋夕日の岡」

一

倉橋瀬左衛門《くらはしせざえもん》の声が聞こえたとき、ひわは手あぶりのかたわらに腰をすえ、冷たい指を温めながら娘にくけ縫《ぬ》いを教えていた。

娘の澄江《すみえ》は十六、すでに嫁ぎ先が決まっている。夫の瀬左衛門ゆずりの小柄で目鼻のちんまりした澄江は、茶の間に飾られたお雛様に似て愛らしいが、人見知りで喜怒哀楽の乏しい娘である。

名を呼ばれて驚いた拍子に、ひわは針で指先を突《つ》いてしまった。おもわず呑んだ息の音にも、あわてて指を口にやった母の仕草にも気づかないのか、澄江はぎこちない手つきで一心にくけ縫いをつづけている。

「ずいぶんお早いお帰りだこと」

ひわは縫いかけの小袖《こそで》を脇へおいて腰を上げた。折りたたんでいた足を伸ばすや、膝のうしろにすーっと冷気が走る。三月に入ったというのにここ数日は異常な寒さで、今朝は未明から雪が降っている。襖障子《ふすましょうじ》を開ければ、庭は一面の雪景色にちがいない。

「帰ったら雪見酒と洒落《しゃれ》るか」

そんな呑気《のんき》なことをつぶやきつつ夫が出かけて行ってから、まだ四半刻《しはんとき》のそのまた半分もたっていない。同じ敷地内の屋敷へ呼ばれただけのこととはいえ、帰宅の早さに加えて玄関先で妻女を呼びたてるふるまいもめったにはないことだ。

「お帰りなさいまし。まだ雪が……」

膝をつきかけて、ひわは口ごもった。

「あの……どうか、なさいましたか」

瀬左衛門は三和土《たたき》で仁王立ちになっている。その表情も、いまだ目にしたことのない異様さだった。色白の肌が赤らんで、目が泳いでいる。

「旦那さま、なにか……」

「ご大老《たいろう》が、井伊《いい》さまが、登城の道で、桜田御門《さくらだごもん》の前で、襲われた、らしい」

青天の霹靂《へきれき》とはまさにこのこと、ひわははじめ夫の話が呑みこめなかった。

「襲われた……江戸市中で、戦があった、ということでございますか」

「戦ではないが……いや、戦のような……戦か、うむ、戦やもしれぬ」

「井伊さまと、どなたが……」

「詳しゅうはわからぬ。とにかく暴徒が井伊さまの行列に襲いかかった。当家の屋敷からも目と鼻の先だ」

ひわは胸に手を当てた。重い石をぶつけられたように息苦しい。

瀬左衛門一家が住んでいるのはここ、目黒の下屋敷だが、瀬左衛門が仕える摂津国三田藩《せっつのくにさんだはん》、九鬼《くき》家の上屋敷は桜田門のすぐそばにある。境こそ接してはいないものの、井伊家の屋敷とはいくらも離れていなかった。目の前で襲撃騒ぎがあったのなら、上屋敷の者たちはさぞや動転しているはずである。

「して、井伊さまは？」

動悸を鎮《しず》めて、ひわはたずねた。

「わからぬ」

「暴徒、と仰《おお》せでしたね」

「ご大老には敵が多い。さしずめ水戸《みと》あたりの……いや、あちこちから怨みを買《こ》うておられた。かようなことにならねばよいがと案じておったのだが……」

「水戸……」

「今はなにもわからぬ。こたびの異国との調印もそうだが、異を唱える者たちを次々に捕らえるやり口には非難がうずまいていた。そのことはおまえも聞いておろう」

田畑や寺社にかこまれた江戸のはずれ、大名家の下屋敷が立ち並ぶ目黒は長閑《のどか》な土地だが、もちろん、だからといって世の情勢が全く伝わらないわけではない。瀬左衛門一家が国許から江戸——ひわにとっては生家でもある目黒の下屋敷——へ移ってきたのは一昨年だが、昨今の殺伐とした世情は耳目《じもく》をそばだてなくても聞こえてきた。

「どうなるのでしょう」

と、返したひわの声は、放心した人のものだった。その目は夫の顔を素通りして、玄関のむこうで降りしきる雪を見つめている。

「さようなこと、わしにわかるか」

瀬左衛門は式台へ腰を落とそうとしてやめた。あわただしく草履《ぞうり》を脱ぎ捨てる。

「仕度をせねば」

「上屋敷へ、おいでになるのでございますか」

「様子を見て参るよう命じられた」

袖ぐるみに刀をうけとろうと差しのべたひわの両手には目もやらず、瀬左衛門はもう、大小をわしづかみにしたまま家の奥へむかっていた。

「長押《なげし》から槍を」

「ははあ」

いつから式台の片隅にひかえていたのか、小者《こもの》が小走りに追いかける。

二人のあとへつづこうとして、ひわははっとふりむいた。下駄を履いて三和土へ下り、開いたままの戸に手をかける。そこで、棒立ちになった。

近年、お上に不満を抱く者たちが容赦なく捕らわれている。世にいう「戊午《つちのえうま》の大獄」

は一昨年、昨年、そして今春に至るまで人々を震撼《しんかん》させていた。連座した者は数十人ではきかないそうで、酷《むご》い拷問の末に獄死した者もいるらしい。

不満が爆発して怒りとなり、怒りが暴走して襲撃となる。

雪も、怒りを鎮めることはできなかった。暴走は止まらない。血飛沫《ちしぶき》が純白の雪を紅に染めてゆく……。

あの日も雪だった――。

ひわは空を見上げた。音もなく舞い落ちる雪、雪、雪。渦に巻かれて魂まで吸いこまれてしまいそうな……。くらくらと眩暈《めまい》がして、玄関の戸をぎゅっとつかむ。

「おーい、なにをやっておる、早《はよ》うせいッ」

苛立《いらだ》った声で、ひわはわれに返った。ぴたりと戸を閉めたときは、物書役《ものかきやく》の妻女の顔に戻っている。

二

二十八日は不動尊《ふどうそん》の縁日である。

行人坂《ぎょうにんざか》から目黒川に架かる太鼓橋を渡って瀧泉寺《りゅうせんじ》――俗にいう目黒不動――へつづく道は、不動明王にすがって災厄を封じ、商売繁盛を祈願しようという老若男女でにぎわっていた。仲冬《ちゅうとう》の寒風などものともしない無数の足に踏みしだかれて、道端にかきよせられた積雪も泥土にまみれている。

太鼓橋を渡りきったところで、だれかが背中にどんとぶつかった。ひわは十七の華奢《きゃしゃ》な娘である。おまけに高下駄。ころびそうになった。が、幸いぶつかったのが小柄な老人だったので、よろけただけでかろうじて踏みとどまる。老人のほうはかたわらの石碑にぶつかって足をもつれさせ、前のめりに倒れた。

「お嬢さまッ」

下僕の弥助《やすけ》の叫びが聞こえたからか、ひと目でひわを武家娘と見てとったからか、老人はもぞもぞと半身を起こすや、地べたに額をすりつけた。どう見ても満足に食べ物を口にしているとはおもえない、痩せこけた老人である。

「わたくしなら大丈夫です。お爺さんこそ、お怪我をしたのではありませんか」

顔をしかめて苦し気な息を吐いているところをみると、老人は腰か足か背中か、どこかをひどく痛めたようだ。

「手前のことなんぞ……それより、このとおりでございます、どうかお許しを……太吉《たきち》の野郎が、いえ手前の孫が、駆けていっちまって、それでついあわてて……」

ひわは老人に歩み寄って手を差しのべた。

「謝らなくてもよいのですよ。さあ、お手を。お起きなされ」

「いえいえ、もったいねえこって」

「お嬢さま。なにもそこまで。さ、参りましょう」

両手を泳がせてあとずさりをする老人と、眉《まゆ》をひそめて先をうながす弥助、ちらちらと好奇の目をむけながらも老人のみすぼらしさに二の足を踏むのか、われ関せずを決めこむ往来の人々……。

ひわは、老人を放ってゆく気にはなれなかった。

「いいから、遠慮のう。ぐずぐずしているとお孫さんが迷子になってしまいます」

孫の顔がよみがえったのだろう、老人はひわの手をつかもうとした。となれば、弥助も加勢せざるをえない。二人がかりで抱え上げたものの、老人は腰に手を当ててうめくばかり。

「どこかに座らせて、だれか人を呼びにやらせましょう」

「でも、急がないとお孫さんが……」

主従が困惑顔を見合わせたときだ。

「おれが背負ってやろう」

人混みの中から男が近づいてきた。よれよれの羽織袴に使い古しの菅笠《すげがさ》という粗末な身なりだが、腰に大小をたばさんでいる。ということは武士。上背があって見るからに頑丈そうな若侍である。

若侍は左右に視線を走らせた上で、おもむろに菅笠をぬいで弥助に渡した。老人に背中をむけてしゃがむ。

ひわはまず、若侍が日に焼けているのに驚いた。あと数日で師走《しわす》になるというのに、灼けつく陽射しの下を歩きまわってきたかのようだ。

次にひわは、その双眸《そうぼう》が照り返すような光を宿していることに目をみはった。それは鋭いというより熱っぽく、これとおもえば精魂傾けずにはいられない性分を表しているようにもおもえる。やりすごすことができずに声をかけてきたのはそのせいか。

それに加えてひわは、若侍のたたずまいから、なにか屈託を抱えているにちがいないと見てとった。迷いか焦りか、やり場のない怒りか捨て場のない悲しみか……それがなにに起因するかはともあれ、物見遊山《ものみゆさん》がてらの不動尊詣ではなさそうだ。

若侍は老人を背負い上げた。

弥助はこれ幸いと、その場から離れるよう主《あるじ》をうながした。

ひわは首を横に振る。

「家はどこだ？」

若侍が老人にたずねた。

老人が答える前にひわは進み出た。

「お孫さんが先に行ってしまったそうです。急いで捜さないと、この人混みでは迷子になってしまいます」

「さようか。では追いかけよう」

「お嬢さまッ。あとのことはこちらさまにおまかせしたほうが……」

「はい」

「おまえはお黙りなさい。この先に飴屋が並んでいます。子供なら、そのどこかにいるはずです」

棒状に伸ばした練飴は目黒不動の名物で、目の前で飴職人が飴をトントンと切る場面を子供なら見逃すはずがない。

弥助が引き止める前に、ひわはもう歩きだしていた。老人を背負った若侍をうさんくさそうに眺めつつ、弥助もしぶしぶながらあとにしたがう。

子供は、ひわが考えたとおり、飴切りを見物する人垣の中にいた。

「あ、あいつでございます。あの、あそこの、黄色い兵児帯《へこおび》をしめた芥子坊《けしぼう》頭のちっこい野郎……あれが太吉で……」

老人が指さしたところに子供がいた。太吉という名には似つかわしくない痩せっぽちの男児だ。七つだというが、せいぜい五つ六つにしか見えない。

「これで飴を買《こ》うておやり」

ひわは袖口から銅銭をとりだして弥助に渡した。乗り掛かった舟と観念したのか、弥助は太吉に飴を買ってやり、手を引いて老人のところへ連れて来た。

「勝手はならぬというたろうッ」

叱りつけはしたものの、老人は心底、安堵《あんど》したようだ。そのために忘れかけていた体の痛みがよみがえったのか、食いしばった歯のあいだから呻《うめ》き声をもらしている。

「爺ちゃん、どうしたんだ？」

「ころんでお怪我をされたのですよ。今日はおうちへ帰りましょうね」

「送ってやる。家はどこだ？」

「あっち」とまた駆けだそうとする太吉をつかまえて、ひわは手をつないだ。

「お嬢さま、お詣りはどうなさいますんで？」

「出なおしましょう。どのみち家はすぐそこなのです」

すぐというほど近くはなかったが、ひわの住まいは目黒の武家屋敷町の中にある大名家の長屋だから、女の足でも四半刻はかからない。童女のころから不動尊の縁日には欠かさず詣でている。

「ご同行くださるか。そいつは助かる」

若侍は頬をゆるめた。

「独りでは小僧っ子まで手がまわらぬ。江戸の地理にも疎《うと》いゆえ……おっと、おれは神《かみ》谷《や》鉄次郎《てつじろう》、在所は陸奥国仙台《むつのくにせんだい》だ」

「まあ、ご勤番にございますか」

「いや……だが医術を少々かじっておる。送りついでに爺さんを診てやろう」

「まあ、よかったこと。あ、わたくしは九鬼家の家臣、堂本六右衛門《どうもとろくえもん》の娘のひわと申します」

ひわは、弥助がはらはらしながら見守っていることに気づいていた。ひっきりなしに人が行き来する中、嫁入り前の武家娘が初対面の若侍と親し気に話しながら歩いているのだ。鉄次郎が老人を背負い、ひわが子供の手を引いていなければ、だれかに見咎《みとが》められていたかもしれない。

ひわは来春、同じ家中の物書役の嫡男と祝言を挙げることになっていた。物書役が参勤交代で出府した際にまとまった縁談なので、ひわは顔も知らぬ夫の待つ国許へ嫁いで行かなければならない。

そのことを、不満におもっているわけではなかった。勝手のわからぬ他の家中へ嫁ぎ、たとえ地の果てへ行くことになったとしても、嫁き遅《い》れになるよりはマシだろう。とはいえ――。

ひわの胸ははずんでいた。出会ったばかりの若侍と歩いている……ただそれだけのことが、さしたる浮き沈みもなかった日々に――そして今や残り少なくなった平凡な暮らしの最後の最後に――鮮やかな彩りを添えてくれたようにもおもえる。

老人の家は、行人坂を上りきって白金の大通りへ出る手前を北へ曲がり、松平家の下屋敷を越えた先の百姓地にあった。まわりは田畑だが、働き手だった息子夫婦を喪《うしな》って孫ととり残された老人は、畑も家もとりあげられて、鶏小屋と厩《うまや》にはさまれた道具小屋の一隅にお情けでおいてもらっているという。鶏や農耕馬の世話をしたり草鞋《わらじ》を編んだりして、かろうじて糊口《ここう》をしのいでいるらしい。

小屋の中では十前後の娘が、土床に片足を投げだして草鞋を編んでいた。老人の孫娘のたけで、たけと太吉を残して、五年前の大地震で母親と赤子が死んでしまい、父親、つまり老人の息子はその前年の大雨の際、川の氾濫《はんらん》を防ごうとして流されてしまった。たけは口がきけず、足も不自由だとか。

なんて酷い――。

はずんでいたひわの胸は一気にしぼんだ。大雨や大地震の惨状は聞き知っていたが、当時は童女だったし、災害を遠い世界の出来事のように感じていたのだ。

たけと太吉は、自分たちが悲惨な境遇にあるとはおもってもいないようだ。そんなことより、問題は老人の怪我である。

爺ちゃんは治る？　歩けるようになるよね……。

たけの切実なまなざしが鉄次郎に問いかけている。老人の怪我が長引けば、三人そろって飢え死にをするか、離散してどこかへもらわれてゆくか。

「心配するな。おれが治してやる」

鉄次郎は、弥助の手を借りて、老人を板の間に敷いた藁《わら》の上へ寝かせた。診察をしているあいだに、ひわはたけと粥《かゆ》を炊いた。白米はなかったが、雑穀とほんのぽっちりの味噌、太吉が鶏小屋から失敬してきた産みたての卵のおかげで上々の出来栄えである。

「明日は塗り薬と丸薬を持ってきてやる。しばらくは養生するがよい」

「わたくしも、お爺さんがようなるまで、滋養のつくものをとどけます」

「ご両親に叱られはせぬか」

「父はほとんど上屋敷に詰めておりますし、母は……もし気づいても許してくれるはずです。人助けになること、それにこれが、わたくしの最後のわがままとあれば……」

鉄次郎はけげんな顔だ。が、弥助は、ひわに目くばせをされてうなずいた。自ら最後と口にした以上、縁談に差し障《さわ》りとなるような無茶はしないはずだ。残り少ない江戸暮らし、好きなようにさせてやろうと朴念仁《ぼくねんじん》の弥助も覚悟を決めたのだろう。

ひわと弥助は鉄次郎より先に老人の家を出た。これからもたびたび訪れるつもりなら、長居はしないほうがよい。

「お嬢さま……」

「なんですか」

「よけいな事は申しませんが……くれぐれも……いえ、なんでも、ございません」

弥助がいわんとすることなら、ひわにも察しがついた。理解を示しはしても、なお捨てきれない一抹《いちまつ》の不安……。わかっていながら気づかぬふりをしたのは、若侍に――というよりこのおもいもよらない成り行きに――早くも心を奪われていたからだ。

三

師走も半ばをすぎた。

「神谷さまは医術を学ぶために江戸へ出ていらしたと仰せでしたね」

老人の家で何度目かに顔を合わせたとき、ひわはおもいきって話しかけた。老人は少しずつだが快方にむかっている。となれば、二人がここで出会う機会もどれだけあるか。

鉄次郎には武士の驕《おご》りがなかった。老人や子供たちに対するときは、相手を萎縮させないよう、ことさら気さくにふるまっている。が、自身のこととなると、最初に名乗って以来、いっさい語ろうとしなかった。初対面でひわが看破《かんぱ》したとおり、ときおり虚空を見すえて焦燥の色を浮かべたり、表の物音にはっと身をこわばらせたり、なにか忌々《ゆゆ》しき事情を抱えているのはまちがいない。

「お勉強のほうはよろしいのですか、毎日のようにいらしても」

差し出がましいとはおもったものの、訊《き》かずにはいられなかった。老人や子供たちを親身に世話する姿は、これまでひわが見てきた武士とはちがっていた。温かな人柄がにじみ出ている。しかも颯爽《さっそう》としていた。双眸の翳《かげ》りでさえ、ひわの目には新鮮に映る。

ひわは、鉄次郎から目が離せない。

鉄次郎はこのとき、真冬だというのに諸肌脱《もろはだ》ぎになって薪割をしていた。ひわの家も下僕は弥助が一人きりだ。毎回供をさせるわけにもいかないから、どうしても力仕事は鉄次郎の肩にかかってくる。

鉄次郎は手を止めて、ひわの眸《め》を見返した。

「学びとうて江戸へ出て参ったが、今はそれも叶わぬ」

「叶わぬ……なにかお困りなことでも？」

「先生が、災難に見舞われた」

「まあ、もしや病……」

はるばる陸奥国から教えを乞うためにやって来たのに師匠が病に罹《かか》ってしまったというなら、意気消沈するのも当然である。

「それで、お不動さまにご祈願をなさっておられたのですね」

不動明王は病快癒にも霊験《れいげん》あらたかだといわれている。

「目黒不動か。いや、あの先に住まいがあっての、水戸の侍衆のねぐらへころがりこんでおるのだ」

国許から出て来た武士なら、主家の江戸屋敷に住むのがふつうである。水戸藩士のねぐらにころがりこんでいるとはどういう意味か。もっと腑に落ちないのは、鉄次郎が「目黒不動の先に」と言ったことだ。田畑がつづくあのあたりに、水戸家の屋敷があるとは聞いたことがない。

とはいえ、根掘り葉掘りたずねるつもりはなかった。

「お国許へは、お帰りにならぬのですか」

矛先を変える。九鬼家の領国は摂津国だ。摂津へ嫁いでしまえば、鉄次郎が江戸にいようが陸奥国へ帰ろうがおなじこと、訊いてどうなるものでもなかったが……。

鉄次郎の答えは意外なものだった。

「実は、迷うておるのだ。ここにおったとてなにもできぬ。帰ろうかともおもうのだが……さようなことを口にすれば、断固、引き止められよう」

ひわは首をかしげた。

「わたくしにはさっぱり……」

「いや。つまらぬことをいうたの。忘れてくれ」

鉄次郎は目をそらした。中断していた薪割に戻ったものの、その顔は苦渋に満ちている。凄まじい気迫で薪を真っ二つに割ったのは、なにか、断ち切ってしまいたいものがあるからか。

ひわは、日焼けした顔や手とは不似合いなほど白い胸元が逞《たくま》しく上下するさまを、息を呑んで見つめる。

「神谷さま、あのう……」

「鉄次郎でよい」

「ではわたくしもひわと……」

「ひわどの。ひわどののほうこそどうなのだ？　おれは手元不如意《ふにょい》ゆえ、ひわどのがあれこれとどけてくれるのはまことにありがたい。が、ご家人に見つかれば面倒なことになるのではないか」

「だとしても、子供たちが飢えるのを放ってはおけませぬ。お不動さまのご縁とおもい、お爺さんが動けるようになるまでは……」

年が明ければ婚礼仕度で忙しくなる。こうしてはいられない。

鉄次郎はそれ以上はいわず、頭を下げた。鉄次郎こそ、老人や子供たちとはなんのかかわりもないのだ。それなのにせっせと通ってくるのはなぜだろう。

「鉄次郎さまはふしぎなお人ですね」

ひわが微笑《ほほえ》むと、鉄次郎も温和な笑みを返してきた。

束の間、満ち足りた時が流れる。

もし何事も起こらなかったら、ひわと鉄次郎は、仄《ほの》かな恋心を胸に秘めたまま口にすることもなく、別れていたかもしれない。

そもそも、江戸にいるうちにできるかぎり足繁く不動尊へ詣でておきたい……などという、ひわの家人への言い訳がいつまで通用したか。怪しまれ咎められれば、老人の家へ出かけることもできなくなる。日々の暮らしにまぎれて、やがては互いの顔さえ忘れてしまったにちがいない。

年が押しつまった一日、吉井《よしい》源八《げんぱち》という水戸の侍が訪ねて来た。

この日はひわも鉄次郎も老人の家へ来ていた。

ひと目見た瞬間、ひわは身がまえている。中肉中背の、とりたてて目を引くところのない凡庸な若侍になぜ警戒心をかきたてられたのか。出会ったときの鉄次郎よりはるかに強烈な、粘りつくような眼光が背筋を凍らせたせいか。

「毎日毎日どこへ出かけてゆくのかとおもうたら、はん、こんなとこか」

戸口のかたわらで、源八は腕組みをしたまま、あきれたように小屋の中を見まわした。

老人と子供を素通りしてひわに目を留めるや、ひゅうと息をもらす。

「おいおい、かようなときに、女子《おなご》とはのう」

「黙れッ。おぬし、あとをつけて来たのか」

鉄次郎は苛立ちもあらわに、源八に食ってかかった。源八は口元をゆがめる。

「用心の上にも用心せねばならぬのだぞ。行先を知りとうなるのは当然だろう」

「つまり、信用できぬということか。おれが御番所《ごばんしょ》へ駆けこむとでも……」

「いや、そうはいわぬが……いいか、よう聞け。たった今、御処分が決まった。先生は国許で蟄居《ちっきょ》。おぬしの恩師は永牢《えいろう》だそうな」

「永牢ッ、まことかッ」

「もはや手をこまぬいてはおれぬ」

「しかし、今さらなにを……やれることはすべてやったぞ」

「おれに考えがある。来い」

源八は鉄次郎の肩に腕をまわした。そのまま小屋の外へ連れだしてしまったので、ひわはそこまでしか聞けなかった。むろん聞いたところで、いったいなんの話か、わかったとはおもえない。

しばらくして二人は戻ってきた。

鉄次郎は焦燥の色を浮かべている。

「油断するな。おれたちは目をつけられている」

源八は警告を残して帰って行ったが、鉄次郎はなおもしばらく放心していた。双眸に見え隠れしているのは、怒りか、絶望か。

ひわは話しかけることさえできなかった。が、早々に帰ろうと老人の家を出たところで、鉄次郎が追いかけて来た。

「ひわどの。さっきはすまなんだ」

「鉄次郎さまが謝ることではありませぬ」

「あいつは気が立っておったのだ。いろいろと、その、事情があっての……」

「永牢と仰せでした」

「うむ。先生は病ではない。囚われの身だ。無実を証《あか》してお助けしようとこれまで駆けまわっておったのだがの、力が足りず……」

鉄次郎はうなだれる。

「あの水戸のお侍さまも医術を学んでおられたのですか」

「いや、あの者たちは蘭学や絵画や……師と仰ぐお方は某藩のご家老での、同罪で囚われておる。あやつはまだあきらめきれぬと息巻いておったが……」

様々な手を尽くして無実を訴えた。が、処分が決まってしまってはもう手のほどこしようがない。ところが源八の話によれば、まだ終わりにする気はないらしい。

「明日も、来てもらえぬか」

「参ります。鉄次郎さまがいらっしゃるなら」

「されば明日、詳しゅう話す。それまでにおれは、心を決めておく」

ひわはどきりとした。なにを決めるというのか。それを知るのは恐ろしくもあったが……。

家へ帰っても落ち着かなかった。当然ながら、ひわは眠れぬ夜をすごした。

「爺ちゃん。あいつら、また来やがった」

鶏に餌をやっていた太吉が駆け戻ったとき、ひわと鉄次郎は老人からちょうど話を聞いているところだった。昨夕、ひわと鉄次郎が帰ったあと、御番所の役人がやって来た。おそらく源八のあとをつけていたのだろう。そのときは鉄次郎や源八のことをあれこれたずねただけで帰って行ったというが……。

「太吉。裏から厩《うまや》へお連れしろ。飼葉《かいば》の中にもぐってりゃごまかせる」

まわりは田畑だから逃げようがない。

そもそもなぜ逃げなければならぬのか、ひわには皆目わからなかった。が、こんなところに武家娘がいれば、それだけでも怪しまれる。主家へ聞き合わせでもされようものなら、家人が困惑するはずだ。縁談が取り止めになるだけならよいとして、二度と鉄次郎には逢えない。

考える暇も惜しかった。二人は太吉の手引きで厩へ逃げこみ、農耕馬がいる囲いのうしろに積まれた飼葉の山の中へもぐりこんだ。

「ひわどのまで巻きこんでしもうたのう」

「わたくしのことなら……」

「しッ。人が来る」

二人は息をひそめ、身を固くした。成り行きとはいえ、いったん隠れた以上、見つかるわけにはいかない。

人声がした。怒声、物音、歩きまわる気配。だれかが太吉に話しかける声も聞こえてきた。が、なにが起こっているか、これではたしかめようがない。

触れればとどくところに鉄次郎の体があった。息がかかるほど近くに顔がある。そのことに気づくや、ひわの胸は騒ぎ、頰がかっと熱くなった。動揺を知ってか知らずか、鉄次郎がひわの手をにぎりしめる。

どのくらいたったか。

「行っちまったよ」

太吉に呼ばれて、ひわと鉄次郎は飼葉の山から這いだした。小屋へ戻ると、老人が床にあぐらをかいて肩を喘《あえ》がせていた。たけが濡れた布で老人の顔の血を拭いてやっている。鼻血と切れたくちびるからにじむ血が、貧相な老人をなおいっそう痛々しく見せていた。

「あいつら、爺ちゃんを足蹴《あしげ》にしやがったんだ。爺ちゃんが神谷さまの居所を教えないからって」

太吉は悔しそうに顔をゆがめる。

「すまぬ。おれのためにかような目に……」鉄次郎は両手をついた。「畜生ッ。今度こんなことをしたら、こっちも容赦はせぬぞ。断じて許さぬ」

ひわも黙ってはいられなかった。

「話してください。いったいなにが起こっているのか。だれが、なぜ、鉄次郎さまを捜しているのですか」

鉄次郎はため息をもらした。意を決したように居住まいを正し、ひわにもわかるよう、言葉を選びつつ話しはじめる。

「先生はおれの同郷での、麴町《こうじまち》で町医者をするかたわら蘭学を教えておられた。ところがさる五月、御奉行所へ呼びだされた。先生だけではない。さる藩のご家老から旅籠《はたご》の主まで身分は様々なれど、各々《おのおの》よく知る同朋が八名、御奉行の吟味をうけることになった。開国を説いた、海外渡航を企てた、お上を非難する上申書を認《したた》めた、などと、ありもしないことを並べたて、吟味のたびにいいかげんな罪状が加わる。御処分が決まるまでは、なんとかお助けしようと同志が集まって各所へ働きかけをしておったのだが……」

お上に楯突《たてつ》けば自分たちまで捕らえられる。支援者は日を追うごとに少なくなり、残った者たちは追いつめられてますます過激になった。しめつけも厳しくなったため、水戸の侍を中心とする一団も隠密行動に走らざるをえなくなった。正式に処分が決まった今はすっかり頭に血が上っていて、蟄居を命じられて国許へ護送される恩師を道中で奪い返すべく策を練っているという。

「そんなこと、できるはずがありませぬ」

「できずともよいのだ。行列に斬りこんで騒ぎを起こす。先生に気概を示し、同時に、お上に抗《あらが》う者がいることを世に知らしめる。要は怒りが鎮まらず、ひと暴れしたいのだ」

「そんなことをしたらただではすみませぬ」

「むろん、命などとうに捨てている。あやつらは腹を切る覚悟だ」

ひわは蒼白になった。なにが発端か、捕らわれた者たちが無実かどうか、そのことは別として、幕命に逆らって集団で行列を襲うなど、正気の沙汰とはおもえない。しかも、そんな恐ろしい男たちと鉄次郎がかかわっていようとは……。

老人も驚愕していた。話の中身などわかるはずもないのに、たけと太吉まで怯《おび》えた目で鉄次郎を凝視している。

「よもや、鉄次郎さままで、無謀な企てに加わるおつもりではありますまいね」

ひわの烈《はげ》しい視線を、鉄次郎はまっすぐにうけとめた。

「案ずるな。それはない」

といってから、ふうーッと太い息を吐く。

「もし、ここへ通うておらなんだら、あやつらと行動を共にしていたやもしれぬ。おれは迷うていた。どうすべきか、わからなんだ。それゆえ、爺さんに会いに来たのだ。おれの在所も貧しゅうての……ここにいると在所におるようで、昂《たか》ぶる胸が鎮まった」

「では、もう、あの者たちのところへは帰らないでください」

「そうはゆかぬ。おれは少々かかわりすぎてしまったようだ。たとえ企てに加わらなんだとしても、やつらが事を起こせばおれも捕まる」

役人は——捕り手は——鉄次郎を捜していた。とうに目をつけられているのだ。いずれにしても、お縄になるのは時間の問題だろう。

ひわは、全身の血が逆流するような気がした。鳩尾《みぞおち》に手を当てて深呼吸をする。

「逃げてください。どこか遠くへ」

「今日のことがのうても、心を決めねばとおもうていた。おれは国許へ帰る」

ひわはうなずいた。それしかこの難局を切り抜けるすべがないなら、そうするしかない。捕り手も過激な同志たちも、陸奥国までは手がとどかぬはず。

鉄次郎が昨日、心を決めるといったのは、このことだったのだ。

「ぐずぐず悩んでおったゆえ、爺さんには痛いおもいをさせてしもうた。せっかく治りかけていたものを」

鉄次郎にまたもや頭を下げられて、老人は両手を振った。

「なにを仰せられます。これまでのご恩、なんと御礼申し上げればよいか」

「こちらこそ、命拾いをした。今さら見捨てるようで気が引けるが……」

「いえいえ、もう十分にしていただきました。わしらのことなら、これまでもなんとかやって参りましたし、こいつらもおります。ご心配にはおよびません」

二人のやりとりを聞きながら、ひわは自分の胸に問いかけていた。遠い摂津国の、顔を見たこともない男のもとへ、わたくしは嫁いでゆくのか。自分の生きる道は、それしかないのだろうか。いや、そんなことはない。

心の臓が喉から飛びだすかとおもったが、それでもひわは、この機を逃すまいと両の拳をにぎりしめた。

「鉄次郎さま。わたくしもお連れください」

鉄次郎はひわに視線を戻した。驚きより感きわまったような顔だ。

「本気で、いうてくれるのか」

「むろん本気です。ただ、わたくしは通行手形もなにも……」

「そのことならなんとかなる。ま、紛い物だが、仙台へ入る御番所にも知り合いがおるゆえおそらく……。なれど、この季節の旅はきつかろう。在所へ着いても、今のような暮らしはさせてやれぬ」

「かまいませぬ。覚悟はできております」

「ご家人にはなんと……」

「あちらへ参りましてから文を出します」

許されることではない。けれどそうなってしまえば、家人ももはやどうにもできない。世間体を慮《おもんぱか》って、結局は、娘の無謀な結婚を黙認するにちがいない。

話は決まった。とはいえ、今日明日とはいかない。

「いつ、家を出られる?」

ひわは思案した。

「小正月では? 両親ともに早朝から出かけます」

上屋敷の奥御殿で祝い事があるので、母も手伝いにゆくといっていた。松の内が明けるまでは、鉄次郎の同志たちが企てを実行するような事態も起こらないはずだ。妥当な日取りである。

「それまではできるかぎりここへ来て、正月の仕度を……」

「それはならぬ」

「なにゆえですか」

「今日のところは見つからずにすんだが、ここはもう目をつけられている。見張られておるやもしれぬ。見つかればすべてが水の泡、陸奥国へは行けぬぞ」

同志たちにもここは危ういと知らせて、近づかぬよう釘を刺しておく。その上で鉄次郎は同志たちを油断させ、ひわとの道行《みちゆき》にそなえるという。

「爺さんもこのことは……」

「へい。口が裂けてももらしません」

「おれもうここへは来られぬ。なにもしてやれぬが……」

「めっそうもないことです。これまで、ほんにありがとうございました」

老人一家に災いがおよばぬためにも、これはいたしかたのないことだ。

ひわは持参していた銭をその場に置き、老人の家を出た。

「ひわどの、まことによいのだな」

「はい。よろしゅうお願いいたします」

「されば、太鼓橋で」

「お待ちしております」

二人は熱い視線を交わし合う。あとをつける者がいないか周囲に目を配り、鉄次郎に見送られながら、ひわは九鬼家の下屋敷へ帰って行った。

四

あいにくの悪天候だ。

未明の空に雪が舞っている。

目黒川に架かる石造りの太鼓橋は、欄干まで雪化粧を施されていた。葉を落とした楓《かえで》や梅、松などの川縁の木々も小藪も、茶店や飴屋の茅葺《かやぶき》屋根も、ときおりあわただしく通りすぎてゆく笠や蓑《みの》、番傘の上にも雪が積もっている。あたりは森閑《しんかん》として、初詣で押し合いへし合いしていた正月の喧噪が嘘のようだ。

ひわは、橋のたもとの、あの老人がぶつかった石碑のかたわらにたたずんでいた。雨傘で顔を隠し、凍える指先を揉みあわせながら足踏みをしている。御高祖頭巾《おこそずきん》に高下駄ではこの雪の中、旅はできない。下屋敷の門番の目をあざむき、近隣の住人に見とがめられないために、甲掛《こうがけ》草鞋や手甲《てっこう》などの旅仕度は、身のまわりの品々といっしょに腕に抱えた風呂敷包の中に忍ばせていた。

「ずいぶんと早うからお出かけで」

「早朝、御会式《おえしき》があるのです」

「へい。お足元にお気をつけて」

嘘はやがてばれるだろう。家人はどんなに心配するか。

年末年始からこの日まで、ひわは迷い悩み気弱になって何度となく決意をひるがえしかけた。そのたびに飼葉の山の中でうずくまっていたときの昂ぶりをおもいだす。干し草のひなびた匂いと若侍の肌の匂いがまじりあって、恐怖をやわらげてくれた。そう。あのとき、ここそが自分の居場所だと気づいたのだ。

雪はしんしんと降りつづいていたが、東の空はいつしか紺青から薄青に変わっていた。往来も次第に活気をとり戻しつつある。茶屋の表に立てまわされていた葦簀《よしず》はすでにたたまれて、床几《しょうぎ》に腰を掛けて麦湯や甘酒をすする人の姿もちらほら。

だが、鉄次郎は、待てども待てども現れない。今日中にできるだけ遠くへ行っておくつもりなら、一刻も無駄にできない。ひわは気が気でなかった。

遠方に視線をさまよわせ、年恰好の似た男を見つけるたびに駆け寄りそうになる。逸《はや》る胸を鎮めて、近づいて来るのを待って顔をたしかめる。が、そのたびに期待外れ、落胆の吐息が白い煙になって消えてゆく。

鉄次郎は、どうしてしまったのか。同志たちに感づかれて、引き止められているのかもしれない。それとも先日のように捕り手に追われて、ここへ来られずにいるのか。

ひわは慎重に周囲を見まわした。橋を渡っている男、あれが捕り手か。それともあの楓の下で背中を丸めて立っている男、あれが捕り手……。そうおもってみると、だれもかれもが怪しい。そもそも恩師の無実を訴えようとしただけで、なぜ鉄次郎たちがお上に目をつけられるのだろう。

このあたりは晩秋がことのほか美しい。紅葉を映した川面が夕陽にきらめき、飴売りの声が飛び交って、丸い橋の上を子供たちが駆けてゆく。その同じ場所が今、白一色に埋もれて、物寂しい陰鬱な顔を見せている。ひわは、あまりにも平穏すぎた半生では想像もつかない世界が、自分の身近なところにもあったことにはじめて気づいた。人もおなじ。自分は、鉄次郎のなにを知っているのか。

「ねえ、ちょいと、凍えちまうよ。ここへお掛けな。汁粉《しるこ》でもどうだい」

汁粉屋の婆さんが心配そうに声をかけてきた。

「いえ、大丈夫です」

汁粉の匂いに誘われながらも、今は喉を通りそうになかった。

ああ、鉄次郎さま、早う、早ういらしてください――。

ひわは色の失せたくちびるをふるわせる。

おなじところに立っていると凍えそうなので、橋の上を行ったり来たりすることにした。それにも疲れ、今度は汁粉ではなく麦湯を頼んでかろうじて息をつき、ついでに厠《かわや》を借りてあわただしく用を足す。それからはまた石碑のかたわらで鉄次郎を待ちわびる。

いつのまにか雪はやんでいたが、体が冷えきっているせいか、手指の感覚がなくなっていた。

「待ち人は来ないよ。もうお帰り」

何度か声をかけられた。好奇の目で眺めてゆく者もいる。

「どこの娘さんか知らんけど、日が暮れちまうよ」

ひわははっと老女の顔を見返した。

日が暮れる、一日が終わる、もうおしまいだ——。

そう悟ったそのとき、膝がかくっとくずれた。精根尽き果てて、ひわは昏倒《こんとう》した。

その日からひわは、高熱を出して寝込んでしまった。が、幸いなことに、汁粉屋へ迎えに来た弥助が鉄次郎とのことを黙っていてくれたので、家人からは疑われることも咎められることもなかった。

鉄次郎はなぜ約束を破ったのか。伝言すらとどけなかったのは、なにか忌々しき事態にみまわれたのではないか。

じっとしてはいられない。

「弥助。おまえしか頼める者がいないのです」

「しかしお嬢さま、しょせんはご無体な話かと……もうお忘れになられたほうが……」

「このままでは生きた心地がしませぬ。嫁ぐ気力もない。せめて、あのお方になにがあったかだけでも知りたいのです」

弥助は老人の家へ出かけて行った。それしか鉄次郎にたどりつく糸口がなかったからだ。

弥助は、顔色を失って帰ってきた。

「お爺さんがッ」

「へい。お嬢さまが太鼓橋で待っておられた前の晩だそうにございます」

「そんな……でも、だれが、なんのために？」

「そこまではわかりませんが、一太刀だったそうですから、お侍の仕業であることはまちがいありません」

「考えられるのは……もしや、捕り手がまた……」

弥助が訪ねたとき、老人の家にはだれもいなかったという。人の気配もなかった。鶏に餌をやりに来た近隣の農夫から、弥助は老人の災難を知った。老人一家をお情けで置いてやっていたという庄屋や近隣の人々にあわてて聞き合わせ、かろうじて集めた話によると……。

老人は、訪ねて来ただれかといい争いをして斬り殺されたという。太吉は厩にいたので下手人の顔を見ていない。たけは見ているがしゃべれない。というわけで、下手人はいまだに不明のまま。

「子供たちは無事だったのですね」

「へい。代官所のお役人が亡骸《なきがら》を運びだして、子供たちだけ置いてゆくわけにもいかないと、どこかへ連れて行ったそうにございます」

　子供たちはどうなるのか。だれか世話をしてくれる人があればよいが……。案じながらも、ひわには差し迫った気がかりがあった。

　約束のあの日、鉄次郎が太鼓橋へ来なかったのは、前夜、老人が非業の死を遂げたこととかかわりがあるはずだ。鉄次郎は老人の死を知って動揺したにちがいない。昨年末にも捕り手が老人の家を探りに来た。鉄次郎の同志たちがなにをしたかは知らないが、そこまで追っ手が迫っているとしたら、ひわにも禍《わざわい》がふりかかる恐れがある。巻きこんではならぬと、鉄次郎はあえてひわには逢わぬことにしたのかもしれない。

　けれど、もうひとつ。

　鉄次郎は怒っていた。今度、老人に手を出したら許さぬと息巻いていた。老人の死を知って、鎮めようとしていた怒りが噴き上げたのではないか。無実の恩師を奪われ、執拗な探索に腹を立て、またもや無辜《むこ》の老人への残虐な仕打ち……。いったんは断念して郷里へ帰ろうとした鉄次郎だが、お上に憤《いきどお》り、非情な捕り手にがまんがならず、再び水戸衆をはじめとする過激な同志たちと行動を共にすることにした、ということも。

「心配です。あの者たちがなにをするつもりか」

なにをするにしても、自分には止められない。

「師のお一人が郷里へ護送されるそうで、その行列を襲うと話していました。わたくしには調べようもないことですが、弥助、このことをだれかにたずねて……」

もし謀《はかりごと》が実行に移されたとしたら、事の成否にかかわらず、鉄次郎も切腹して果てるのはまちがいなかった。わかっていながらなにもできず、手をこまぬいているほど苦しいことはない。

ひわに懇願されて、弥助はあちこち聞き歩いた。鉄次郎が末端でかかわっていたこの騒動は、南蛮の学問を学ぶ社中の面々が幕府から弾圧をうけた「蛮社《ばんしゃ》の獄」として、昨年の五月以来、世間の耳目を集めているという。蟄居を命じられて郷里へ護送されることになった渡辺崋山《わたなべかざん》や、鉄次郎の同郷の師で永牢となった高野長英《たかのちょうえい》など、吟味をうけたのは八名だが、開明派への弾圧はそれにとどまらず、日に日に厳しさを増していた。

騒動のあらましがわかったからといって、弥助にも為すすべはない。鉄次郎の居所が知れないのでは、引き止める手段がないからだ。

渡辺崋山の護送はいつ行われるのか。

ひわは恐ろしい結末に怯えながら、その月の残りをやりすごした。なにをしても上の空で、夜もろくに眠れない。

「崋山先生は何事ものう郷里へ到着されたそうにございますよ」

弥助が聞きこんできた。ひわはおもわず涙ぐむ。

「何事もなかったのですね。捕らわれた者はだれも……」

「へい。道中のどこやらで小競り合いはありましたそうですが……」

「小競り合い？　襲うたのですか、お行列を？」

「いえ、浪人者らしき連中が喧嘩をはじめたそうで、怪我人は出たものの大事には至らなかったとか……へい、だれも捕らわれず、うやむやになったと聞きました」

それだけでは、鉄次郎とかかわりがあるかどうかはわからなかったが……。

「お嬢さま。手前なんぞが口はばったいようですが、人には分《ぶん》というものがございます。あのお武家さまもご老人一家も、お嬢さまの与《あずか》り知らぬところで生きていらした方々、今となってはお忘れになられるがよろしいかと存じます」

弥助にいわれるまでもなかった。事は起こらなかった、鉄次郎は無事でいるにちがいない。そうおもうと一変、自分でもふしぎだが、ひわの胸に鉄次郎への恨みがましいおもいが湧いてきた。

雪の中、わたくしは太鼓橋のたもとで、倒れるまで待ちつづけた。たとえあの日、約束を違《たが》えなければならない事情ができたとしても、住まいはわかっているのだもの、あとから事情を知らせることだってできたはずではないか。

自分は捨てられたのだとひわはおもった。軽々しく約束してはみたものの、女は旅の足手まといになる。ましてや通行手形が偽物では御番所で厄介な目にあうかもしれない。鉄次郎さまは、わたくしを見限られたのだわ——。

恨みは失望に変わり、失望は怒りに変化した。

ひわは無口になり笑わなくなり、人形のように言われるがまま婚礼仕度に専念した。すべてが明らかになって、ひわの胸中があきらめと同時に静かな哀しみで満たされたのは、九鬼家の領国、摂津国三田へ出立する前日だった。

弥助は涙ながらに打ち明けた。

「墓場まで持ってゆくつもりでおりましたが、やはり、お詫びをしなければ死んでも死にきれず……」

鉄次郎は、渡辺崋山が郷里へ送られたあと、弥助を訪ねてきた。

老人が捕り手に殺《あや》められたと聞き、ひわとのことも知られていると源八に教えられたので、ひわの身を案じて太鼓橋へは行かなかった。激怒し絶望して一時は暴挙に加わるつもりになったが、そのあと太吉とたけを捜しだし、身振り手振りで必死になって伝えようとするたけとそれを解釈してくれた太吉のおかげで老人を殺めたのが捕り手ではなく、なんと源八だったと知らされた。お上に一矢報いるためには鉄次郎を身方《みかた》にしておきたい。そのためなら無辜の老人の命を粗末にすることさえためらわない。もちろん殺めるつもりではなく言い争いの果ての過ちだったというが、「大事の前の小事」とうそぶく源八に、鉄次郎は愕然としたという。

「喧嘩騒ぎを起こしたのは神谷さまだそうで……お仲間を斬って暴挙を止め、江戸へ逃げ帰り、その足で手前を訪ねて来られたそうにございます」

鉄次郎はひわに「太鼓橋で待っている」と伝言を残して帰った。

弥助はひわに伝えなかった。

「あの場所で、あのお人も、わたくしを待っていてくださったのですね」

楓の梢のむこうに夕陽が沈むまで、橋のたもとにたたずんでいたにちがいない。ひわが雪の中で待ちつづけたように、鉄次郎も胸を昂ぶらせ、期待と失望をくり返しながら。

「どうかご勘弁を……手前は、手前は、どうしてもお伝えできず……」

身を揉んで嗚咽《おえつ》する弥助を、ひわは茫然と眺める。

五

さくさくと雪を踏む音がふたつ。

太鼓橋の中ほどまで来て、ひわは足を止めた。

「ここは二十年前と変わりませんね。あの楓の木も、あそこの茶屋も、それにほら、橋のたもとに石碑があるでしょう、なにもかも、昔のまま……」

床几の客に麦湯を運んでいるのは若い娘で老女ではなかったが、石碑にぶつかって老人がころぶ光景がつい昨日の出来事のように鮮やかによみがえる。

「おかしなお母さま」

澄江は雪に足をとられて歩きづらいのか、おちょぼ口を尖らせた。

「お不動さまへ詣りましょうとあんなに申し上げたのに、いつもなんだかんだとはぐらかしてばかり。なのに、わざわざ夕暮れ時に、こんな雪道を……」

たしかに、江戸へ戻ってからのひわは一度も不動尊詣でをしなかった。縁日だからと誘われても重い腰を上げなかった。

胸の奥に封印していた思い出を、今さら呼びさますのは恐ろしい。古傷がうずくにちがいないと案じていたのに、今日はなぜか、ここへ来ずにはいられなかった。夫の瀬左衛門から、桜田門外で井伊大老が暴徒に襲われたと聞いたからだ。夫は暴徒に水戸浪士が加わっているのではないかと疑っていたが、その言葉もまた、二十年前の出来事を呼び起こすようすがとなった。だれも結びつけるはずのないふたつの出来事が、ひわの中ではつながっている。

もしもどこかで存命しているなら、桜田門の騒動を耳にして、鉄次郎もきっとおもいだすにちがいない。蛮社の獄にかかわった若き日、武家娘に抱いた切ない恋心と、この太鼓橋の雪景色を……。

石碑のかたわらにたたずむ若侍の幻が、ふっと見えたような――。

「わたくしがそなたくらいのときは、縁日のたびに不動尊詣でをしたものでした」

「あら、はじめてうかがいました。お母さまは寺社詣でがお嫌いなのかと……」

「それはね、いろいろと、おもいだしたくないことがあるからです。この母にも娘時代があったのですよ。無茶なこともしましたし、ただ大人しいだけではのうて……」

「お母さまは、わたくしが大人しいだけの娘だとおもうておられるようですが、わたくしだって……」

ひわは驚いて娘の顔を見た。喜怒哀楽に乏しいとおもっていた娘の双眸が、雪の照り返しのせいか、生き生きとした光を放っている。

「あそこに座ってお汁粉をいただきましょう」

ひわは娘を誘った。

「あら、夕餉《ゆうげ》の前なのに」

「今日は特別。ひと口でもよいから食べとうなりました」

「おかしなお母さま。でしたらお母さまの若いころのお話を聞かせてください」

「そなたの話が先ですよ」

母娘は笑いながら橋を下りる。

二人の背後で、夕陽を浴びた太鼓橋が銀色に輝いていた。

暫の闇

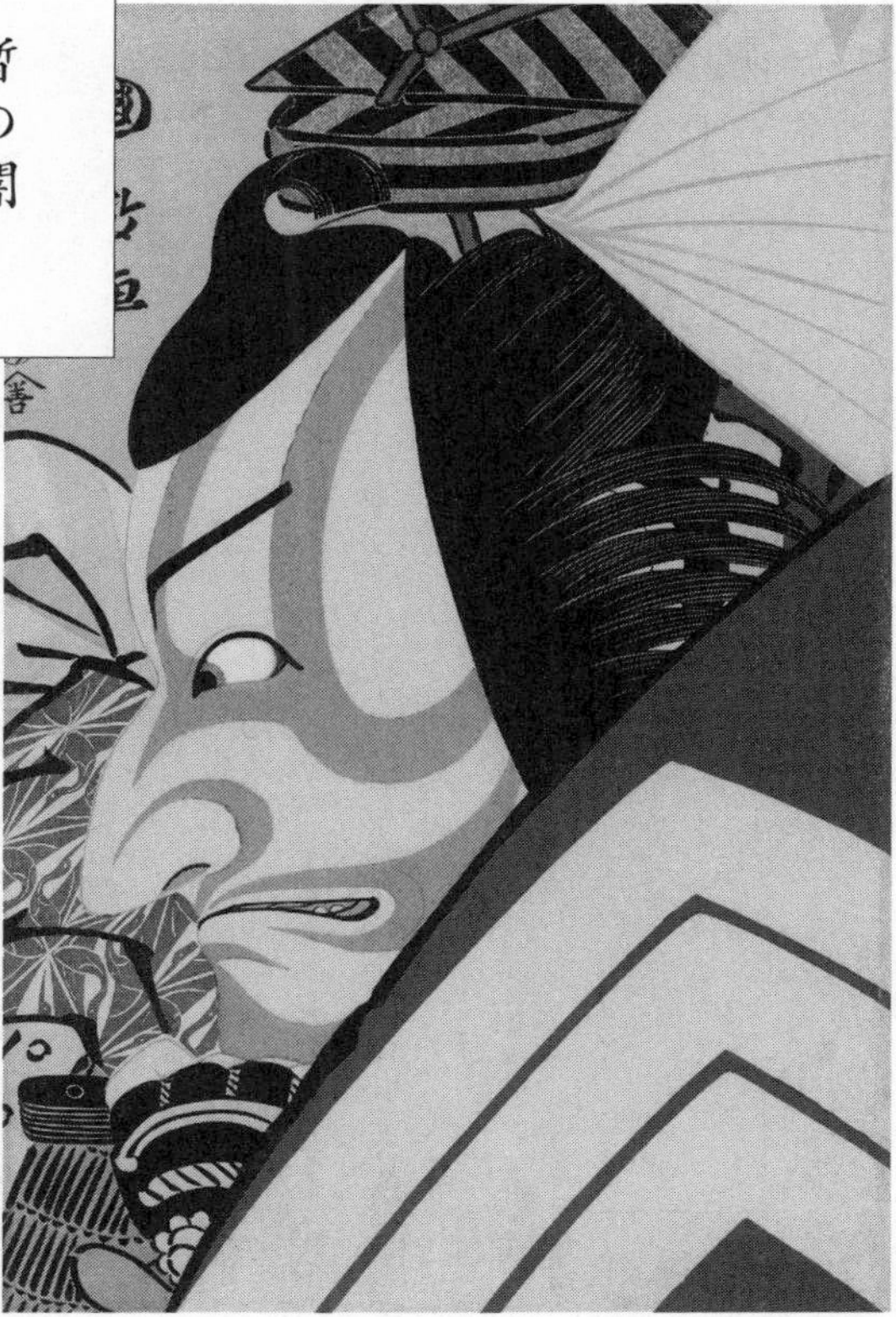

歌川国政「五代目市川團十郎の暫」
William Sturgis Bigelow Collection
11.14981

一

「へい。そんなら、手前はそろそろ桟敷《さじき》のほうへ」

甚助《じんすけ》は楽屋の入口でぺこりと頭を下げた。一方、挨拶をされたほうの男は三枡《みます》の紋を染め抜いた素襖姿《すおうすがた》、鏡台の丸鏡に映る紅隈《べにぐま》に縁《ふち》どられた両眼は化粧半ばの自分の顔の粗《あら》探しに余念がない。

「今日は力紙《ちからがみ》がひとまわりでかい、筋隈《すじぐま》も太いからね、舞台をよおく観ておおきよ。おや、もう少し紅を濃くしたほうがいいかしら」

「ええと、手前はこれで……」

「え？　ああ、そうかい。じゃ乙吉《おときち》。乙吉、先生をご案内して」

「先生なんてもんじゃありやせんや」

年季、人気、実力、いずれをとっても江戸では知らぬ者のない大役者を前にして、駆け出しの絵師は身をちぢめた。

「乙吉ってば、まったく、どこ行っちまったんだろうねえ」

「いえ、勝手知ったるで……目ぇつぶったって迷やしやせん。どうぞ、おかまいなく」

甚助は、大書した役者名と家紋が染め抜かれた長暖簾《ながのれん》をかきわけておもてへ出た。忙しそうに裏方が行き来している。とりわけ十一月の顔見世《かおみせ》はこれから一年の成否がかかる大事な興行だから、ぼんやりしている者はいない。

いいねえ、こいつがまた、こたえられないねえ——。

指をくわえて縁日の飴細工《あめざいく》を眺める小童《こわっぱ》のように、甚助は小鼻をふくらませた。芝居そのものも好きだが、この舞台裏の、仄暗《ほのぐら》く、埃《ほこり》っぽく、雑然としていながらも活気あふれる雰囲気が好きで好きでたまらない。そう。絵師になりたくて役者絵を描きはじめたわけではなかった。面作りを生業《なりわい》にする家にいた時期があったので、芝居小屋をよくのぞいた。好きが高じて楽屋へ入りびたっているうちに見よう見まねで絵を描きはじめた。褒められて、ますますいい気になって描いていたら、弟子にしてやると声をかけられた。

なんでえ、絵師なんか——。

半分馬鹿にしながらも、好きなだけ芝居が観られるんなら、ま、いいか……と、やってみたら、これがけっこうむずかしい。むずかしいから面白い。

「首尾よく行けばわれわれも、立身《りっしん》なして月卿雲客《げっけいうんかく》……」

知らぬ間に覚えてしまった台詞《せりふ》を口中でころがしながら、見物席へ出て行こうとしたところで甚助はひょいと舞台をのぞいた。ざわついた気配は、気の早い観客が桟敷に陣取って、酒を酌み交わしたり弁当をつかったりしているからだ。が、引幕のこちら側は嵐の前の静けさで、書き割りの景色の木の葉一枚、雲一片までが息をひそめて開演のそのときを待っている。

いいねえ、たまらないねえ――。

甚助は目を細めた。きびすを返そうとしたときだ。

「おや、おまえさん……」

下座《げざ》の御簾内《みすうち》、太鼓や鼓《つづみ》が置かれた台の陰に人がうずくまっている。子供かとおもったがそうではなく、れっきとした大人のようだ。

「こんなとこで、なにをしてるんだね」

男はチッと舌打ちをした。が、声をかけてきた甚助が芝居小屋の人間ではないと見てとるや、愛想笑いをして首をすくめる。

「なにとぞ、見ざる聞かざるで」

拝むまねをしてみせたのは、見逃してくれというのだろう。

「そういやおめえさん、どっかで見たことが……そうか、どっかじゃねえや、先日もまぎれこもうとして木戸番に追い払われていたっけな。いいや、その前だって……」

首根っこをつかまれて衝《つ》き飛ばされた。吹けば飛びそうなやつだから、もんどりをうって地べたにころがり、往来の人々に笑われていた。そんなことが二度三度。それにいつだったか、裏口でドンとぶつかってきたときも目のまわりが赤く腫れて鼻がひん曲がっていたから、こっぴどく殴りつけられたにちがいない。裏手からもぐりこもうとして見つかったか。

「芝居が観たけりゃ木戸銭《きどせん》を払え」

「ありゃ払ってらあ。自慢じゃねえが、おいらは素寒貧《すかんぴん》」

「だったら働いて銭を貯めろ。こんなことばかしてちゃ、そのうち腕の一本二本、へし折られるぞ」

「へ、鰕蔵《えびぞう》さえ拝めりゃ、腕なんざ何本だってくれてやらあ。え？　タコじゃねえ、なら足ももっていけ」

「大きく出たな。おめえさんは鰕蔵がひいきか」

「ひいきなんてもんじゃねえや。助六《すけろく》、ありゃ絶品だね。雷神不動北山桜《なるかみふどうきたやまざくら》、毛抜《けぬき》の粂寺《くめでら》弾正《だんじょう》も鳴神《なるかみ》のお上人《しょうにん》さまもたまらねえ。けどなんたって暫《しばらく》だぁな、大騒動になって無実の衆に仕置きが下る、とそこへ、しばらくしばらくう……いいねえ、しびれるねえ、背すじがぞくぞくしちまう、大福帳《だいふくちょう》の由来を解くツラネなんざ何度聞いても惚れ惚れだ、鎌倉権五郎《かまくらごんごろう》もいいが荒獅子男之助《あらじしおとこのすけ》もよかったねえ、今回はなんだか知ってるかい、大江山《おおえやま》の酒呑童子《しゅてんどうじ》退治の頼光四天王《らいこうしてんのう》の一人、碓井荒太郎貞光《うすいあらたろうさだみつ》に扮するんだぜ、サァ、サァ、サァサァサァ、めでたくひとつ、ア、しめべえかァ」

息もつかずにしゃべって見得《みえ》を切る。目がらんらんと輝いて、よく動くくちびるから唾《つば》が四方に飛び散っている。

「おめえってやつは……」

大したもんだといいかけたとき、足音がして長唄や三味線、鳴物《なりもの》をつとめる芸人たちがぞろぞろと入ってきた。はっと男を見たときにはもう、台座の陰へ消えている。

「ご苦労さんでございます」

芸人たちに軽く頭を下げて、甚助もそそくさと退散した。あの与太者《よたもの》、どうせ見つかってつまみだされるのだろうが、なかなか肝が据わっているわいとおもわず忍び笑いがもれた。

客席へ出て行くと、桟敷は着飾った老若男女で九割方埋まり、顔見世興行ならではの華やいだにぎわいにつつまれていた。与太者がいみじくもいったとおり、ここに座って歌舞伎を堪能《たんのう》できるのは暮らしに余裕のある人々である。長屋の住人の大半は一生に一度、観られるかどうか。もっとも、市村座《いちむらざ》のように人気の芝居は微に入り細《さい》を穿《うが》って語《え》る者がいて、評判はあっという間に江戸の隅々までひろまる。すると二番手三番手の似非《せ》芝居があちこちでかかって、長屋の洟垂《はなた》れ小僧までが炭団《たどん》で隈取をして見得を切る。六代目の市川團十郎《いちかわだんじゅうろう》はゾクゾクする美男だけどまだ十八だってねえ、五代目團十郎が今は鰕蔵を名乗って成田屋《なりたや》の屋台骨を支えているんだよ……などと、長屋の女房連中も井戸端で頬を上気させて知ったかぶりをする。

甚助は下手《しもて》の端の一番前、花道のかたわらの桟敷へ腰を下ろした。いつもここと決まっている。師匠の豊国《とよくに》が一緒の場合もあれば、他の絵師や書肆《しょし》、役者や芸人の身内が同席することもある。鰕蔵のひいきには町奉行所のお偉方らしき役人もいて、ときにはお忍びで座っていることも。この日も顔見知りの書肆が見慣れぬ若造をつれていた。帳面を手にしているところを見ると若造は絵師か戯作者《げさくしゃ》の卵か。むこうは甚助を知っているようで、好奇心をむきだしにして挨拶をしてくる。

席がびっしり埋まって柝《き》の音がひとつ、開幕の瞬間を待って場内が静まりかえったそのときだった。下座の陰から人が飛びだしてきた。あの与太者である。案じたとおり裏方に見つかって進退きわまったか、逃げ場を求めて花道へ突進してくる。と、そこで数人の裏方に追いつかれ、揉み合いになった。「待てッ」「胡乱《うろん》なやつめッ」ウワーッ、ウォーッとすさまじい。早くも芝居がはじまったかとあっけにとられて眺めていた人々は、与太者が自分より大きな裏方たちを蹴散《けち》らし振り飛ばして駆け去るのを見て大喜び。追う者と追われる者が共々に花道の先の鳥屋《とや》へ消えても、しばらく場内の興奮は冷めなかった。

甚助は、ざわめきの中で、拾い上げた紙片を見つめていた。花道で裏方と揉み合っているときに与太者が落としたものだ。ていねいにシワを伸ばしてたたまれた紙に、鰕蔵の役者絵が描かれていた。甚助の反故紙《ほごがみ》を与太者が見つけ、後生大事にふところに忍ばせていたのだろう。

わるい気はしない。

芝居がはねたあと、甚助は木戸番に与太者がどうなったかとたずねた。

「括《くく》られて小道具部屋でころがされてまさあ」

番屋へ突きだせという者たちもいたが、めでたい顔見世興行の最中に仕置人《しおき》が出ては縁起がわるいと止める者もいて、小屋主の判断を待つことにしたらしい。

「なんてぇ名だ？　どこに住んでる？」

「持って生まれた名は知らねえが、あいつはガキのころから芝居狂い、で、だれが名づけたか半道《はんどう》と呼ばれております。住まいは花川戸《はなかわど》の棟割長屋。身内はいねえそうで、近所の使いっぱしりなどしてどうにかこうにか食ってるようで。それにしても、奇妙な野郎でさぁね」

歌舞伎では、悪人でもあり道化者でもある役のことを「半道敵《はんどうがたき》」という。半道とはそこからつけられた名前だろう。実際、芝居観たさにあの手この手で小屋へ忍びこむわ、手癖《てくせ》はわるいわ、といっても盗むのは芝居の木戸銭分だけ。寝ても覚めても芝居しか頭にない半道は鰕蔵の物真似が得意で、存外、長屋連中の人気者でもあるという。

「そんならちょいと話してみるか」

よけいなお世話だとわかっていた。苦笑しながらも甚助が与太者にもう一度会ってみる気になったのは、半道が自分と同様、三度の飯より芝居が好きだということに加えて、自分が描いた役者絵の反故紙を後生大事に持ち歩いていたためだ。なんとなく親近感を覚えている。

たいがいの人間は一生のうちに何度か善行をするものだ。甚助はこの日、そのひとつをした。小屋主に掛け合って半道を無罪放免にしてやったばかりか、面倒見のよいことで知られる鰕蔵に切々と訴えて、半道を芝居小屋の裏方のそのまた下働き——掃除をしたり水を汲んだり、たまには木戸番の手伝いをしたりする役——に推挙してもらった。

「いいかい半道、おめえさんがわるさをしたり怠けたりしたら、天下の市川鰕蔵の顔がつぶれる。それだけは、しちゃならねえぞ」

手間賃は雀の涙だが好きなだけ芝居が観られると聞いて、半道は文字どおり狂喜乱舞した。貧相な顔の中の落ちくぼんだ眼《まなこ》、にもかかわらずそこだけが陽光をたっぷりと浴びた大川の水面のように煌《きら》めいている眸《ひとみ》をうるませて、甚助が「いいかげんにしねえか」と止めるまでしつこいほど頭を下げた。

それからというもの、半道は身を粉にして働いているとやら。

おいらは地獄の底でうめいていた与太者を娑婆《しゃば》に引き上げてやったんだなあ——。

甚助は大満足、しばらくは『仮名手本忠臣蔵《かなでほんちゅうしんぐら》』の大星由良助《おおぼしゆらのすけ》になったように晴れ晴れとした気分だった。

二

「どうも、気に入らねえなあ」

仕上げたばかりの絵を見下ろして、甚助は顔をしかめた。悪の中の悪である高師直《こうのもろのう》とちがって『菅原伝授手習鑑《すがわらでんじゅてならいかがみ》』の春藤玄蕃《しゅんどうげんば》は「平敵《ひらがたき》」と呼ばれる少々たよりない悪役だ。もう少し線が柔らかいほうがいいかもしれない。といって滑稽味を出しすぎると、これはまた別の役になってしまう。道化の悪人は半道だから……。

甚助は顔を上げた。

「おい、だれか、鰕蔵御大《おんたい》んとこで使いっぱしりをしてた半道がどうなったか、知らねえか」

まわりで絵筆を動かしていた数人が筆を止める。

「半道ってなぁ、あの妙ちくりんな小男だろ」

「ああ。御大が引退してから大分たっちまった。まだ市村座にいるのかい」

「おりやせん。またこっちで、といってやったのに断られたとかで」

「断られた？　せっかく芝居小屋で働けるってぇのに……ととと、そういや、あいつは鰕蔵ひとすじだったっけな」

実をいえば、半道のことなどけろりと忘れていた。ひょんなことから知り合って、ちょっとした後押しをしてやったのは寛政《かんせい》七年の暮れだから、すでに丸二年がたっている。はじめのうちこそ働きぶりが気になって本人にも芝居小屋の面々にもあれこれたずねていたが、心配が杞憂《きゆう》とわかってからはそれもしなくなった。聞いているのは、鰕蔵に重宝がられて小屋付きではなく鰕蔵付きの下働きになったところまでだ。

この二年、甚助は多忙をきわめていた。「国政《くにまさ》」という号で出した役者絵が評判をとり、注文も増えて、近ごろはのんびり芝居を愉しむヒマがない。芝居が好きだから役者絵を描いていたのに、今では絵のことばかり考えて芝居は上の空で観るようになってしまった。半道どころではない、というのが正直なところで……。

「鰕蔵はまだ五十代の半ばじゃねえかい。やけにすっぱりと引退しちまったなあ」

「今は七左衛門《しちざえもん》と名乗って牛島に住んでるそうだぜ」

「反古庵《ほごあん》といったっけ。手狭な家で質素な暮らしをしてると聞いたが……」

「半道なら牛島にもおりやせんよ。鰕蔵が引退するとき、庭の片隅にでも置いてくれ、給金はいらねえからお世話をしたいと頼みこんだんだそうですがね、おめえは若い、爺の世話よりもっとやることがあるだろうって、こんこんと諭《さと》されたんだとか」

「ふうん。やること、ねえ……」

甚助は首をかしげる。あの半道のやりたいことといえば、鰕蔵の『暫』を観ることだろう。「しばらくしばらくぅ」といいながら登場する役の名はその都度《つど》変わるが、それがだれであれ、窮地に陥った人々を助ける役で、胸のすく場であることは変わらない。半道は、つかのま自分を鰕蔵に重ねて、不甲斐ない現実の穴埋めをしようとしていたのかもしれない。

「いっぺん、様子を見てくるか」

鰕蔵あらため七左衛門のことではない。半道の近況が知りたい。甚助は黒御簾の陰にうずくまっていた男の、煌めく双眸《そうぼう》をおもいだしていた。

翌日、彫師のもとへ下絵をとどけた帰りに、甚助は花川戸へ行ってみた。半道が生まれ育ったという棟割長屋の場所は教えられていたが、そこに今も住んでいるかどうかはわからない。もっとも、いないならいないで、それだけの縁だったのだとあきらめもつく。また忘れてしまえばよいだけのことだと甚助は道々、自分にいい聞かせた。ということは、やっぱり本心では、半道がなぜか気になってしかたがなかったのだろう。

初霜の季節である。寒風が吹くたびに背中を丸める。

長屋の木戸口まで来たところで、ワーッと子供たちの歓声が聞こえてきた。何事かと驚いて甚助は木戸のうちをのぞく。

溝《どぶ》や後架《こうか》の悪臭がただよう長屋と長屋のあいだの狭い通路に、みすぼらしい布子姿《ぬのこすがた》の子供たちが群れていた。その真ん中で、着ぶくれて炭団《たどん》のようになった男が仁王立ちになっている。角前髪《すみまえがみ》に素襖というお定まりのいでたちでこそないものの、墨と紅で隈取をした顔は歌舞伎役者の真似とひと目でわかった。

男が「しばらくしばらくぅ」と声を張り上げるたびに子供たちは跳ね騒ぐ。


「おめえさんは、相変わらずだなあ」

子供たちが散って行ったあと、半道のひと間きりの座敷へ上がりこんで、甚助は隈取のある顔をまじまじと眺めた。笑いがこみあげそうになる。

「そういや、役者でもないのに花道で客をわかせたのはおめえさんくらいだ」

「へへ、立役の住まいにしちゃあ、ちょいとばかしお粗末ですがね」

半道の言葉につられて、甚助は家の中を見まわした。土間の片隅に水桶と七輪が置かれている。七輪の上の鍋には粥でも入っているのか。煮しめたように変色した畳の上には膳が出しっぱなしになっていて、食べかけの粥が入った茶碗と湯呑、それに箸がならべてあった。もしや、薄い粥をすすって飢えをしのいでいるのか。

家財道具らしきものがほとんどない家に、ひとつだけ華やいで見えるものがあった。

壁に貼られた役者絵である。甚助の手になるものもあれば、師匠の豊国や、いつのまにか消えてしまった写楽《しゃらく》という絵師の作とされるものもあったが、役者はいずれも五代目團十郎、そう、半道ひいきの鰕蔵である。

「よくも集めたもんだなあ」

感心すると、半道はへへへと盆の窪に手をやった。

「これまでの礼に、と、お心づけをいただきましたんで」

「鰕蔵からもらった銭でこいつを買っちまったのか。大丈夫かい。小僧っ子どもと遊んでたが、働いているのか。ちゃんと食えてるのかね」

「まぁ……なんとか。使いっぱしりやらなにやらと」

「市村座からまた働けといわれたそうじゃないか。どうして断った？」

「そいつは、その、鰕蔵のいねえ芝居小屋じゃ気が乗らねえんで……」

「たったそれだけの理由か」

「へい。それだけでサ」

馬鹿なやつだと甚助は舌打ちした。が、それでこそ半道だとおもいなおした。だれがなんといおうと、半道には半道の理屈があるのだ。余人にわかってもらえなくても、自身の心に折り合いをつけたというなら、うるさくいうことはできない。

「おめえさんがそうと決めたんなら、つべこべいってもしかたがねえな。ま、変わりないようで安心した。これからも、お上ににらまれるようなことだけはしねえでくれよ」

「へい。鰕蔵のご隠居さまにも、あいつを忘れるな、と……」

半道は役者絵の一枚にあごをしゃくった。甚助が描いた鰕蔵は、もちろん『暫』の中の碓井《うすい》荒太郎貞光《あらたろうさだみつ》である。

「そうか。人助けの荒太郎か。なら達者でやってくれ」

甚助は腰を浮かせた。長居は無用。山のような仕事が待っている。

ところが半道は、帰ろうとした甚助を「ちょ、ちょ、ちょいと待っててくれ」と手のひらを突きだして止めた。

「せっかく訪ねてもらったんだ、先生に、頼みがありますんで」

待っててくれというやいなや立ち上がり、下駄をつっかけて飛び出してゆく。困惑顔の甚助のもとへ連れてきたのは、おなじ長屋の住人だという女だった。突然のことでなにがなにやらわからないのか、女も狼狽している。

「ま、座れ。いいから座れって。ここにおられるのは今評判の国政、つまり絵師の先生だ。ささ、ご挨拶しねえか」

女はとまどいつつも両手をついた。年齢は二十代の半ばか。華奢《きゃしゃ》な体つきの、寂しげな顔立ちの女である。

「こいつは筋むかいの家に住んでるおせいだ。おいらとは幼なじみでよ、先生、ひとつ、こいつを描いちゃあくれねえか」

甚助は驚いた。おせいも目をみはっている。

「絵になりゃ、ちっとは銭になるんじゃねえかと。こいつは銭に困ってるんだ」

亭主に先立たれ、病の母親と赤子の世話をしながら、夜は両国広小路《ひろこうじ》にある「亀松」という茶屋で働いている。が、それだけでは薬も買えない。なんとかしてやりたいとおもっていたところで、甚助の顔を見てとっさにおもいついたのだという。

「わるいが、役者絵しか描かないことにしている」

「そういわねえで……先生、おせいなら美人画にぴったりじゃねえか」

甚助はあらためておせいを見た。たしかに儚《はかな》げな風情やそこはかとない色香にとびつく絵師もいるかもしれない。が、ここまで所帯窶《しょたいやつ》れしていてはどんなものか。いずれにしても、甚助の好みではなかった。

甚助は、白黒はっきりしたものが好きだ。勢いのある構図、潔い線、おもいきった色使い……絵に色香も媚態《びたい》も、とりわけ憐憫《れんびん》はいらない。

「美人画は描かないんだ」

もう一度答えた。

「すみません。あたしはそんな……」

謝ろうとしたおせいを押しのけて、半道は肩を怒らせる。

「絵師ってなぁ、頼まれりゃ、なんでも描くんじゃねえのかい」

尖らせた口が子供のようだ。

甚助はトンと両手で膝を叩いた。

「おめえさんはさっき、気が乗らないから市村座では働かないといった。それとおなじだ。描きたくないから美人画は描かない。理屈じゃねえんだよ。おせいさんといったね、あんたのせいじゃないから気にしないでおくんなさいよ」

今度は半道も引き止めなかった。

甚助はいとまを告げて帰路についた。

三

もうこれ以上、会うこともあるまい。そもそもが身内でも古なじみでも、知己でさえないのだ。袖すり合うもなにかの縁というが、その袖だって風に吹かれてほんの一瞬ふれるかふれないか、というほどのかかわりしかなかった。

そうおもいながらも甚助が広小路の「亀松」へときおり立ち寄り、おせいから半道の近況を聞きだしていたのは、このころ甚助が住んでいた家が日本橋《にほんばし》の堀江町《ほりえちょう》にあって、芝居町へ出かけるときの通り道だったからだが、むろん、そこには甚助自身も気づいていない半道への気づかいがあったためだろう。

半道は、当然ながら順風満帆《じゅんぷうまんぱん》ではなかった。日に日に落ちぶれていった。ろくな仕事もなく、腕力も伝手《つて》も知恵もなく、あるのは宝の持ち腐れさながらの歌舞伎の知識ばかり……その名のとおり善悪の境が少しだけずれていてそれが滑稽味ともなっている男が、生き馬の目を抜く娑婆を楽々と渡れるはずがない。

「動くと腹が減るからって、ごろごろしてばかりで……」

ため息まじりにおせいがいうときもあれば、

「手っ取り早く稼げる仕事が見つかったとかで、意気揚々と出かけて行きましたよ」

案じ顔でいうときもある。

「どんな仕事だね」

「さあ、喧嘩の仲裁屋だといってたけど……なんのことだか」

それこそ『暫』の真似をしようというのか。

「わるい仲間とつるんでなければいいんだが……」

「あたしもそれが心配なんですよ。この前だって、あれはお武家の倅《せがれ》さまたちかしらね、乱暴でいけ好かないやつらといっしょだったし、そいつらは長屋にも出入りしてるみたいですよ」

一方、半道があれほど心配していたおせいのほうは、したたかなのか要領がいいのか、なんとかその場その場をしのいでいるようだった。もっとも、母親を看取《みと》り、赤子は里子に出したというから、おせいはおせいなりに地獄の底をのぞいて這い上がってきたのかもしれない。

甚助も、悩んでいた。国政の名が世に出て注文が殺到したのはよかったが、似たような絵ばかり描いていてはすぐにあきられる。はじめはもてはやされても、移り気な大衆は新しい絵師が現れればどっとばかり、そちらへ鞍替えをする。

「おまえさんの絵は、ちょっと見は面白いが見あきるのも早い。役者絵ばかり描いてるからだ。表も裏も知らなけりゃ、生身の人間てえのは描けねえよ。どうだい、美人画でも描いてみちゃあ……」

近ごろよくいわれる。そのたびに甚助は嘆息した。

写楽がぱっと出てぱっとやめちまったのも、こんなとこかもしれねえな――。

寛政十二年十一月の市村座の顔見世興行は、例年にもまして盛大なものになるとの前評判だった。七代目市川團十郎の襲名披露を兼ねているからだ。

この舞台には、四年前に引退して牛島に逼塞《ひっそく》していた鰕蔵――五代目團十郎――も「白猿《はくえん》」という名で復帰する。これは昨年、六代目が二十二歳という若さで早世してしまったためで、亡き息子に代ってこの一年、幼い孫に芸を仕込んできた白猿は、襲名の口上と合わせて、ダンマリの芸を見せることになっていた。

「なぁ親方。初日だから落ちつかないってぇのはわかりますがね、なにも親方が舞台に立つわけじゃないんだし……」

売れっ子になった甚助の家には、弟子が数人、出入りしている。

「うるせえ。行ってくらあ」

「まだ早かありやせんか」

「ちょっくら寄ってくとこがあるんだ」

甚助は暗いうちに家を出た。

寄ってゆくところとは半道の家だ。早すぎるのはわかっていたが、行って顔を見るまでは落ちつかない。直前になって気が変わる心配もある。

おせいを通して話をしてあった。返事も聞いている。半道にとっては神にも等しい鰕蔵復帰の舞台、見逃すテはない。しかも甚助が市村座に掛け合って席の用意もしてやったので、半道は大手を振って木戸をくぐれる。断る理由はないはずだ。

それでも不安だった。鰕蔵が引退してからの歳月は、たったの四年でありながら甚助には十年にも二十年にも感じられる。おそらく半道もおなじだろう。

「おい。起きてるかい」

戸を開けて中をのぞくと、半道は戸口に背をむけて寝ていた。

以前ここを訪ねたときと家の中はさほど変わっていない。が、あきらかにすさんだ臭いがした。座敷の隅に空の酒瓶と賽子《さいころ》がころがっているからか。

「初日だぞ。おい、行かねえのかい」

眠っていないのはわかっていた。ほんとうは、行きたくて行きたくてたまらない、ということも。

「なあ、こいつを逃すテはないぞ。鰕蔵がダンマリを演《や》るんだとさ」

「腹が、痛えんだ……」

「行けば治る」

「頭も、痛い」

「呑みすぎただけだろ。水でも飲んどけ」

「けど、けどおいらは……」

「わかったわかった。いやならいいさ。一人で行ってくらあ」

「あ、待てッ。待ってくれ」

半道はガバと起き上がった。両手を畳につき、うなだれて荒い息を吐く。

甚助はかまちへ腰をかけた。

「いったいどうしたんだ？　おめえさんの大好きな鰕蔵じゃないか。晴れ舞台を観てやらねえのかい」

半道はひとつしゃっくりをした。と、唐突に甚助の膝にすがりつく。

「怖いんだ、おいら、怖いんだよお」

「なにが怖いんだね」

「鰕蔵を観るのが怖い。老いて、よぼついてるかもしれねえ。ツラネがいえるか。いや、ダンマリか、ダンマリだったな……ウン、そうじゃねえんだ。鰕蔵を観てる自分が怖い。自分が、自分じゃねえと、気づくのが怖いんだ。鰕蔵に見破られるかもしれねえ」

半道は泣いている。ふるえている。甚助はなんといっていいか、わからなかった。目をきらきらさせて舞台の上の鰕蔵だけを見つめていた半道の姿が鮮やかによみがえる。

「そうかい。わかったよ。無理にとはいわねえが……おめえさんも、こんなふうに、考えてみちゃどうだろう。鰕蔵は引退した。今日、舞台に立つのは白猿だ。白猿は、暫のツラネはやらねえが、ダンマリにかけちゃあ、当代一にちげえねえ」

「そう、かな……」

「おれたちだっておんなじだ。鰕蔵を観たときのおれは甚助だったが、白猿を観るおれは国政だ。おめえさんが昔の半道とちがってたって、そんなことは当たり前だろう」

半道はうなずいた。涙をぬぐう。

「ホレ、水を飲んで、洟《はな》をかんで、早いとこ着替えるんだ」

「着るもんは、これしかない」

「ならしかたがねえな。顔くらい洗え。髪をととのえてやる」

まったくガキのような野郎だと舌打ちをしながらも、甚助は世話を焼いていた。風変わりとしかいいようのない、手の焼ける与太者——こういう人間の姿をありのままに描けるのが、ほんとの絵師ってものかもしれねえな……などとおもいながら。

さて、つけ加えておくと、白猿の円熟の芸は「お見事ッ」と飛び交う掛け声の大嵐、神業とでもいいたいほどの出来栄えだった。半道は目を輝かせ、泣き、笑い、興奮のあまり花道へ飛びだそうとして甚助に肩を押さえつけられた。

「これでもういっぺんお天道さまが拝める。いいほうに、ころがるかもしれねえな」

木戸を出たところで、半道は天を仰いだ。

「確約はできないが、市村座の小屋主に話してやろう」

「いや、迷惑をかけるわけにゃいかねえ。その話は、ウン、もうちっと待ってくれ。サア、サァ、サァサァサァサァ、しばらく、ア、しばらくーッ」

半道は大仰《おおぎょう》に見得を切って見せ、弾む足取りで帰って行った。

四

おせいが息を切らして甚助の家へ駆けこんできたのは、年明け早々、まだ正月気分の抜けない五日の夜だった。国政という名をたよりにあちこち訪ね歩いて、ようやく住まいを探し当てたという。

「どうしたッ。なにかあったのかい」

ただならぬ気配に、甚助も裸足で土間へ駆け下りる。

「大変です。半さんが、お縄を、かけられて」

「お縄だってッ。なにをしでかしたんだッ」

「お武家さまに大怪我をさせたって」

「なんとッ、お武家に喧嘩を売ったのか」

「ちがいます、ちがうんです。そうじゃない。半さんはなんにもしちゃいない」

甚助はおせいを座敷へ上げて水を飲ませた。

「わかるように話してくれ」

とり乱したおせいがつっかえつっかえ話したところによると、事の次第は以下のようなものだった。

亀松は今日から店を開けた。そもそも昼間は茶屋でにぎわうものの、夕刻からはおせい一人が客あしらいをして、奥の水屋には主の老人が一人、仕事帰りに一杯ひっかけるなじみ客のために開けているような店である。その上、松の内ということもあって、今宵は遊び人風の男が三人で酒を呑んでいるだけだった。

そこへ、なじみの一党がぞろぞろとやってきた。一党とは、武家の次男や三男――部屋住みの身ゆえにふてくされて、なにかといえば腹を立てているような若侍たち――数人を中心に、近隣の与太者やあぶれ者が徒党を組んでいるもので、この中に半道の姿もあった。入ってきたときから、一党はいつになく険悪な雰囲気だったという。

それとなく眺めていたおせいは、半道が仲間から抜けたがっていて、それで不興を買っているのだと気づいた。はじめのうち、半道は下手に出ていたようだ。が、そのうちに堪忍袋の緒が切れたか、むっとした顔で立ち上がった。

一方、先客の三人は酔っぱらって大笑いをしていた。芝居の話をしていたようだ。出て行こうとして半道がかたわらを通りかかったとき、ちょうど一人が白猿のダンマリを真似た。それがいかにもよろよろと年寄じみていたので、半道はこぶしをにぎりしめ、ぐいとにらみつけた。

「殴ったのか」

『暫』よろしく仲裁役を自任している半道が、自分から手を出すとはおもえない。が、鰕蔵のことになると常軌を逸してしまう男である。ないとはいえない。

「いいえ、ちがいます。半さんは足を掬《すく》われて……」

おどけていた三人のうちの、床几《しょうぎ》に腰をかけていた一人がわざと足を出した。半道はつんのめってころび、なにか床に落ちていた尖ったもので額を切った。たいした傷ではないが額は血が大量に出る。

「あたしが奥へ連れて行ったんです。親方と手拭を当ててやって……」

そうしているあいだに乱闘がはじまった。どうして喧嘩になったのか、おせいはむろん、だれ一人理由を説明できる者などいなかったにちがいない。わけなどどうでもよい。酔った勢いで憂さ晴らしがしたくなったのだ。

捕《と》り方が駆けつけたとき、若侍の一人が土間に倒れていた。酒瓶で頭を殴られたか、死んだようにぐったりしていた。

それにしても、捕り方の出現が早すぎはしないか。だれか番所に知らせたのか。おせいは妙だとおもったが、とやこういっているヒマはなかった。遊び人風の三人も、一党の与太者やあぶれ者も、ひとまとめに捕縛された。

「若侍どもはどうなったんだ？」

「名前を訊かれただけでした」

半道もお縄になった。奥で傷の手当てをしてもらっていたから乱闘には加わっていない。おせいや店の主はそう訴えたが、聞いてはもらえなかった。それどころか、若侍たちは口々に、半道が首謀者だと断言したという。

「喧嘩をはじめたことかね。それとも他になにか……」

「さあ、わかりません。でも、もしやよからぬことをしてたとしても、半さんがやらせたわけではありません。だって、そんなこと、あの人にできるはずがないもの」

どうしたらいいんでしょうと、おせいは甚助にすがるような目をむけてきた。危急のときに不謹慎ではあったが、甚助は、はじめておせいのその目を「美しい」とおもった。懸命に生きている女の目、与太者だろうがなんだろうが災難にあった隣人を助けようと必死になっている目……。半道におせいを描いてくれと頼まれたときすげなく断ったのは、おせいが所帯窶れしていたからではなく、自分におせいの真の姿が見えなかったからだ。しょせん自分は上っ面しか見ていなかったのだと甚助は顔をゆがめる。

「先生。半さんは、子供のころから歌舞伎のことしか頭になくて、ちっとも働かないし、ひょうきんなことばかりしてるし、どうしようもないおっちょこちょいでしたけど、長屋のだれかになにかあると、いつも真っ先に駆けつけてくれました」

「あいつは……鰕蔵の真似がしたかったんだ。カッコをつけたかったのさ。いや、あいつはなりたかったのかもしれねえな鰕蔵に……」

自分とは風貌も中身も正反対の歌舞伎の花形、半道敵ではなく本物の立役に、一瞬でもいい、なってみたいと夢見ていたにちがいない。だから半道は、あんなにも芝居にのめりこんだ。芝居の中でだけ生きていた。

「あたしはどうしたら……先生、どうしたら半さんを助けられるんですか」

訊かれても答えられない。こんなとき、絵師などなんの力もなかった。相手はお上で、しかもこの一件には武家のろくでなしどもがからんでいるのだ。

とはいえ、手をこまぬいてはいられない。

「なにができるかわからねえが……おせいさん、乗りかかった舟だ、やれるだけのことをやってみようじゃねえか。半道だって、やってもいねえことで裁かれるなんざかなわねえだろう。なにがあったか探りだして、お上にほんとのことをぶちまける。そのときはおせいさんも見たままを……」

「むろんです。なんだって話します。半さんが奥にいたことはみんな知ってるんだから、少なくとも喧嘩についてのお咎《とが》めは無しにしてもらわなきゃ」

二人は決意をこめてうなずき合った。

半道を救うことが、今は絵を描くより大事だと、甚助は心底おもっている。

翌朝、甚助とおせいは御番所へ飛んで行った。昨夜の乱闘に半道は加わっていなかったと訴えるためだ。

「みんなにも訊いてください」

「とうに訊いた。が、半道のことはだれも覚えておらぬそうだ」

「だったら亀松の親方に。いっしょにいましたから」

「亀松の主人なら、最初に喧嘩を吹っかけたのは半道だと話しておったそうだぞ。店に落ち度はない、とんだ目にあって大損した、どうしてくれると腹を立てておるわ。なんにせよ、これ以上かかわるのはごめんだそうだ」

甚助は亀松の主人の気持ちが手にとるようにわかった。はじめは動転していた。が、騒ぎが鎮まってみれば腹立たしくてたまらない。客同士の喧嘩で店内をひっくり返され、捕り方の役人までやって来て新年早々、商売はあがったり、とんだ災難に見舞われたのである。しかも文句をいおうにも、一党の中には武家の次男、三男がいた。よけいなことはいえない。そんな状況で、何度か店に来たことがあるというだけの与太者のためにひと肌脱ぐ必要がどこにあるのか。そうおもうのは当然だろう。

「半道自身はなんといってるんでございますか」

「なにも」

「なにもッ」

「いかさまなぁ、やら、地獄へ迎えにゆけ、やら……わけのわからんことをぶつぶつしゃべっておるだけで、あとはなにを訊かれても、へい、ごもっともとしかいわぬ。薄気味のわるい野郎だ」

半道は芝居の台詞をつぶやいているのではないか。なぜそんなことをしているか、それは想像の外である。

二人は半道に会わせてほしいと頼みこんだ。小伝馬町《こでんまちよう》の大牢《たいろう》へ送られてしまえばもう会えるかどうか。今のうちに半道自身の口からなにをしでかしたか聞いておきたい。自分たちが半道の味方だということも伝えたい。

絵師に力はないとおもっていたが、国政という名には多少の効力があったようだ。二人は面会を許された。

御番所の仮牢へおもむく。

半道は暗がりで浄瑠璃の一節を謳《うた》っていた。

「春霞《はるがすみ》、たてるやいづこ三芳野《みよしの》の……お、先生、おせいさんも……」

げっそり窶れてはいるものの、二人へむけたまなざしはおもいのほか明るい。

「お縄になったと聞いて驚いたのなんの……いったいなにがあったんだね。おせいさんの話じゃ、喧嘩には加わっていなかったというじゃないか」

「そうですよ。なにもしていないのにお縄になったんだったら、そのことをちゃんとお上に訴えて……」

半道は首を横に振った。

「そうもいかねえんでサ」

「やっぱり、他にもわるさをしていたのかい」

「へい。暫を、やっておりやした」

「暫？　それがどうして……」

縁日の人混みで喧嘩がはじまる。と、そこへ、顔に紅隈を描いた半道が「しばらくしばらくぅ」と仲裁に入る。得意のツラネを朗々と語りあげると大いにうけて拍手喝采。

「頼まれたときは、ただのお遊びだとおもってたんですがね……」

そうではなかった。見惚れている野次馬のふところから財布を盗むのが目的だった。半道も途中で気づいたが、知らぬふりでつづけた。あまりに気分がよくて、やめられなくなっていたからだ。

「そんな、どうしようもないおいらだ、顔見世なんぞ、とても行けた道理はござんせん。けど、それでも、今生《こんじょう》でもう二度と観られねえとおもってた鰕蔵の舞台だ、夢のようなお誘いを断るのは死ぬより辛い……」

半道は、鰕蔵が年老いて白猿になっても――年輪を重ねれば重ねただけ円熟味を増した芸に――圧倒されて、脳天を雷に射抜かれたような心地になった。自分のしていることが恥ずかしくなり、もう一度、出なおそうと決め、足を洗うことにした。

とはいえ、行うは難し。一党から脱退するのは容易ではなかった。

「後悔先に立たずってなわけで……」

昔から鰕蔵の芝居を観るのが唯一の生きがいだった。その鰕蔵が引退してしまい、心にできた空洞が埋められず、なにもやる気がおきない。ぐずぐずしているうちに日々の糧《かて》にも困窮するようになって、つい悪事に加担してしまった。ほんの小遣い銭をもらっただけで自身が巾着切《きんちゃくき》りをしたわけではなかったが、だからといって許されることではないだろう。捕縛されたのは悔しいが、よくよく考えてみれば身から出た錆《さび》である。

「白猿の芝居を観せてもらった。おいらなんぞ、生きてたって人様の役に立つわけでもねえしヨ、煮ようが焼こうが勝手にしてくれってなもんで……」

もうおいらのことは忘れてくれと、半道は虚空をにらむ。

「でも、それでは、巾着切りまで半さんのせいにされてしまいますよ」

「いいんだ、代役になれってんなら、なってやらあ」

盗みの首謀者とみなされれば、打ち首になるかもしれない。それなのに半道は平然としていた。むしろ愉快そうにすら見える。甚助はその顔を見て、半道はなにか新たな役を見つけたのではないかとおもった。

「しかし、あきらめちゃいけねえよ。まだ、どうころがるか、わからねえんだ」

「そうよ半さん、先生もあたしも、半さんのお仕置《しお》きを軽くしてもらえるように、できるだけのことはしますからね」

二人の励ましが聞こえたはずなのに、半道は聞こえないふりをした。

「そんなことより、おいらのこの醜態は鰕蔵……おっと、白猿御大にだけは、いわねえでくれ。いや、そいつは虫のいい話だろうなあ。耳に入ったらさぞや落胆なさるにちげえねえ。烈火のごとく怒って二度と許しちゃくれないかもしれねえな。それがいちばん辛い。死んでも、死にきれねえ」

詫びていたと伝えてくれといわれて、甚助はうなずく。

半道は辞儀をした。

「今ははや、なにおもう事なかりけり。弥陀《みだ》の御国《みくに》へ行く身なりせば……。あ、十六年はひと昔、ああ、夢だ夢だ……」

くるりと背をむけ、『一谷嫩軍記《いちのたにふたばぐんき》』の中の「熊谷陣屋《くまがいじんや》」、熊谷次郎直実《じろうなおざね》の台詞を高らかに唱える。合戦の最中、平敦盛《たいらのあつもり》を救うためにわが子の命を身代わりにした熊谷の覚悟と悲哀が、今の半道の心の琴線《きんせん》をふるわせているのだろう。

両手を上げ首を左右にゆらして、半道は、胡坐《あぐら》をかいたまま大見得を切って見せた。

甚助とおせいは半道の命を助けるために駆けまわった。

身請け人である大家には、半道が長屋でどんなに皆から好かれていたか、とりわけ老人や子供の面倒をよくみていたことを御番所で話してもらうよう頼んだ。市村座の裏方衆からも、半道が真面目に働いていたというお墨付きをもらって御番所へとどける。甚助は、半道が首謀者ではないことを証してもらうため、無罪放免になった若侍たちの家々をまわった。が、謹慎中だからと会わせてもらえなかったり、門前払いをされたり、埒《らち》は明かない。それどころか、大怪我をした侍の家では「倅《せがれ》を悪事に引き込んだのはあの与太者だ」と悪しざまにいわれ、「あんなやつ、死罪になるがいい」と怒鳴りつけられた。

「ちくしょう、半道にばかし罪を押しつけやがって……」

甚助は地団太をふんだ。芝居でも実悪や公家悪や色悪などさまざまな悪人がいる。それなのにお調子者で軽くみられがちな半道敵ばかりが割を食うとは……。

「半さんは以前、市村座で木戸銭をごまかしたり木戸札を盗んだりしていたんですってね。そういうやつなら悪事を働いて当然、打ち首は確実だって、みんなが噂していまず」

おせいは知らせにきた。死罪はもう決まったもの、明日にでも刑場へ引きだされるのではないかと怯《おび》え、甚助の膝元で泣きくずれる。

甚助はおせいを抱き寄せ、自分の胸で泣きたいだけ泣かせてやった。

実際、自分たちにできることは、もうない。

「あいつは、たしかに善人じゃねえ。悪といやぁワルだが……けど、無邪気で、一生懸命で、憎めないやつでもある。馬鹿なようで賢いし、賢いようで馬鹿だし……ま、とらえどころがねえのは半道にかぎらねえが……」

そんな人間を、自分は描けるとおもっていたのか。そういえばこのところ絵筆をにぎっていない。注文が途絶えたわけではないし、催促もひっきりなしだったが、落ち着いて絵を描く心の余裕がなかった。

人の生死の際《きわ》に、いったいなにが描けよう。

「先生。半さんは死罪になるんですか」

「そいつはなんともいえねえが……そうならないことを、二人して祈ろうじゃねえか」

甚助はおせいを抱きしめる。か細く見えておもいがけずしなやかで丸みのある体の感触に胸を昂《たか》ぶらせながら、共に泣くことのできる人がそばにいることのありがたさをしみじみと感じていた。

五

甚助はシナノキの板片の上にかがみこんで鑿《のみ》をつかっている。

面を作っていた。鰕蔵がまだ鰕蔵として舞台に出ていた時代の『暫』で碓井荒太郎貞光に扮した、あのときの絵からおこした面である。

「よしッ。これでいい」

あとは胡粉《ごふん》を塗って、目と眉と生え際に墨を入れ、仕上げは紅隈。鮮やかに、大胆に、威勢よく描いてやろう——。

何日もかかったが、ようやく完成が見えてきた。そう。もう時がない。急いで仕上げなければ間に合わない。

鰕蔵は今、死の床にあった。

白猿として復帰を果したものの、二年後には引退している。甚助は鰕蔵の命があるうちに、鰕蔵の名を借りて、半道に面を贈ってやろうと考えていた。

半道は、あの事件の後、享和元年の春、死罪になるはずだったが土壇場で命びろいをして八丈島《はちじょうじま》への流刑となった。

役人に口を利いてくれたのは、おそらく鰕蔵だろう。昔からのひいきには町奉行所のお偉方もいる。最悪の事態を覚悟して鬱然《うつぜん》とした日々をすごしていた甚助とおせいは、ひとまずは安堵《あんど》の手をとりあった。

もっとも、島流しは終身刑である。よほど幸運に恵まれてご赦免《しゃめん》にでもなればともかく、島に骨を埋める者がほとんどだ。過酷な環境下で早死にする者も少なくないと聞いている。半道は今のところ生きのびているようだが、どんな暮らしをしているのか。

「あいつは、白猿御大に詫びてくれといってたっけ。これを見たら許してくれたとわかるはずだ。どんな顔をするか……。なあ、おせい、涙を流して喜ぶにちげえねえ」

甚助は、台所にいるおせいを手招きした。

半道を庇《かば》ったせいで亀松をやめさせられたおせいは、甚助に頼まれ、当初は甚助の家へ通って賄《まかな》いをしていた。花川戸からでは遠すぎるので、甚助は近所の長屋を借りてやった。ほんとうはすぐに一緒に暮らさないかと喉元まで出かかったが、時期尚早、急《せ》いては事を仕損じる。半道の島送りがすんで二人の心が落ち着いたら、夫婦の話を持ちだそうとひそかに考えていた。

春が終わるころ、二人は所帯をもった。里子に出していた子供も引きとってやり、親子三人の暮らしがはじまった。そのころになると、甚助は絵師の仕事の合間に、昔よく眺めていた面作りにも励むようになっていた。

おせいは甚助の膝元をのぞきこんだ。

「半さん、これを作ったのがおまえさんだってわかるかしら」

「そりゃわかるさ。あいつはこの面の、この顔を見あきるほど見てるんだ」

甚助は面の裏に「国政」と彫るつもりでいた。が、銘など見なくても、半道は必ず気づく。なぜなら、長屋の壁に飾っていた中の一枚でもあるこの絵は、遠い日、市村座の花道から落とした反故紙に描かれていた役者絵を仕上げたもので、いわば甚助と半道を結ぶ因縁の絵ともいえるからだ。

そう。顔見世のあの日、芝居好きの絵師と与太者は下座の御簾内ではじめて出会い、ふしぎな縁を結んだ。

「おもえばあれが、はじまりだったのかもしれねえなあ」

鬟をにぎったまま放心したように視線を虚空にさまよわせている甚助を見て、おせいは小首をかしげた。

「なんの、はじまりですか」

「なんのって……ウン、いってみりゃあダンマリのはじまりか」

「ダンマリ？」

「おれは暗闇の中、手探りで、なにかを探していたような気がするんだ」

おせいは目をしばたたく。

「見つかったんですか」

「さあ、どうかな。しかし、いろいろと、わかったことがある」

自分は芝居が好きだ。半道に負けず劣らず。それは変わらないが――。

甚助は絵筆を断つ気でいた。多少の注文はまだこなさなければならないが、それがすんだら絵はもう描かない。自分には役者絵しか描けないとわかっているからだ。ではなにをするか。面作りだ。

そう、そのために準備してきた。

もう人気取りはしない。身の丈に合ったつつましい家に住み、面作りをしながらささやかに暮らす。面なら、半道のように自分ではないだれかになりたい人間を喜ばせることができる。たとえ束の間であっても、別人になる夢を叶えてやれる。辛いことや苦しいことがあっても、もしかしたらほんの少しだけ忘れて、舞台の上を跳ねまわっているような気分になれるかもしれない。

「おせい、茶をいれてくれ。加納屋《かのうや》の親父からもらった米饅頭《よねまんじゅう》があったろ。一緒に食おう」

「はい。火を熾《おこ》しますから、しばらく待ってくださいね」

「急がなくてもいいや。ここをちょいとなおさにゃならねえし」

甚助は板片にかがみこんだ。

とびきりの面を作らなければならない。かぶっただけで、半道の口から『暫』のツラネがころがり出てくるような……。

鑿をつかう甚助の眼裏《まなうら》に、遠い島の子供たちにかこまれて「しばらくしばらくしばらくーぅ」と見得を切る与太者の姿が浮かんでいた。

夜《や》雨《う》

歌川国貞「集女八景 蕭湘夜雨」

一

礫《つぶて》が地面を叩く。矢が突き刺さる。闇夜の雨はまるで喧嘩場だ。

「あん、もう、ったく、いいかげんにしとくれってばよぉ」

息を切らしながら、おしおは小走りに駆ける。

油屋なんぞに立ち寄ったのが大失敗。風雨が激しさを増して、破れ傘ではしのげない。手拭を姉様《あねさま》かぶりにして裾をまくり上げ、ええい、下駄も脱いでしまえとおもったものの、片手に傘、もう一方の手に油差しを引っかけた提灯《ちょうちん》の柄《え》をつかんでいては、道往寺《どうおうじ》の千手観音《せんじゅかんのん》じゃあるまいし、どうしたって下駄は持てない。危うくすべりそうになりながら、ぴちゃぴちゃと水を跳ね上げて、ようやくわが家の庇《ひさし》の下へ駆けこんだ。転んで泥だらけにならなかったのが不幸中の幸い……とはいえ、浴衣《ゆかた》はもとより湯文《ゆも》字《じ》までびしょ濡れだ。

「つぎはぎのほうを着ていくんだった。あれまあ、水浴びでもしたみてえだ」

おしおは油差しを水桶の上に置き、提灯を軒先に引っかけて、浴衣の裾をぎゅっぎゅと絞った。濡れたままでは家中が水びたしになってしまう。もっとも亭主の市蔵《いちぞう》は、洪水になったって気づきもしないで机に鼻をひっつけているにちがいない。

「おまえさんッ」

「ン……」

「土砂降りだよ。濡れ鼠だ」

「ウ」

「油がなくなるなくなるっていうからサ、寄り道なんかしたもんだから途中でザーッときやがって、それが橋の真ん中だろ、雨宿りしようにも大木一本ありゃしない。おまけにあのボロ傘ときたら、泣きっ面に蜂ってのはまさにこのことだよ」

「ン」

「ちょいとおまえさんッ、聞いてるのかいッ」

「乾かしゃいいだろ。こっちは大事なとこなんだ」

市蔵は目を上げようともしなかった。版木《はんぎ》を彫っている。痩せた背中を丸め、白髪のきわだつ頭をぐいと突きだして、おまけに両耳にひっかけた紐付きの滑稽な眼鏡ときたら……四十にもならないのに、これではどこから見ても爺さんだ。

もちろん、こうして脇目もふらずに働いているからこそ、急ぎの仕事をまわしてもらえる。かつては擬宝珠《ぎぼし》職人としてそこそこの稼ぎがあった市蔵も、橋の欄干から落っこちて足を痛めた今は、器用な手先を活かして版木屋からの貰い仕事で糊口《ここう》を凌《しの》ぐのが精一杯だ。それでもぐうたら亭主に悩まされている長屋の女房連からは、「今どき働き者の亭主なんぞ鉦《かね》や太鼓で探したってめっからねえよ」などと羨ましがられている。働き者ったってねえ、これじゃ、木石《ぼくせき》といるようなもんだ――。

「それにしたってサ、いっぺんくらいこっちを見たってバチは当たるまいよ。風邪ひくな、くらいいってみやがれってんだ」

口の中で悪態をつきながら床板を蹴りたてて奥へ入る。奥というとご大層な家のようだが、猫の額ほどの土間に市蔵が机にむかっている板間、その奥に三畳の座敷があるだけの棟割長屋である。おしおは藍地の浴衣と紅の湯文字を脱ぎ、数少ない嫁入り道具のひとつなので質草《しちぐさ》にはすまいとがんばっている衣桁《いこう》に掛け、はるか昔は白地に朝顔の藍が映《は》えていた――今は見る影もない――色褪《いろあ》せた浴衣に着替えた。

「おい、油ッ」

待っていたように市蔵が怒鳴った。おしおは油差しをとってきて、市蔵のかたわらに置かれた行燈《あんどん》の皿に油を差した。

「宗右衛門《そうえもん》の野郎、あの業突《ごうつ》く張《ば》りときたら、値を上げるかわりに中身を減らしやがるんだよ。ね、この前はすりきりだったろ、ほれ、どう見たってこれじゃ八分目」

「宗右衛門をわるくいうのはよせ。小太郎《こたろう》のことを考えろ」

「そりゃ、ま、そうだけど……」

小太郎とは二人の倅《せがれ》で、十になったこの正月から北本所の表町《おもてちょう》の米屋で住み込みの小僧として働いている。奉公の話を持ってきてくれたのが同町の油屋の宗右衛門だ。わざわざ表町で油を買うのは、倅の話を聞きたいからで……。

「さぁもう黙っててくれ。明朝までにやっちまわねえと」

「あいよ。そんなら寝るとしようかね。ああ、疲れた。あっちだって目がまわるような忙しさだったんだから。ガキどもは騒ぐわ、おっ姑《か》さんはあそこが痛いのあれが食いたいのと手がかかるったらないし……」

市蔵はもう版木彫りに専心している。女房の愚痴など馬耳東風《ばじとうふう》。

なんだい、てめえの親じゃねえか。どんな塩梅《あんばい》だったか、真っ先に訊いてもらいたいね。厄介なことはなんでもかでも女房に押しつけやがって——。

おしおが出かけていたのは北本所、番場町《ばんばちょう》の小間物屋で、そこには市蔵の母親が妹一家と共に住んでいた。以前は市蔵夫婦と暮らしていたのだが、市蔵が怪我をして生活が苦しくなったので、妹の家に身を寄せた。が、妹は子沢山の上に、近ごろは老母も手がかかる。小太郎を奉公に出したのを機に、おしおは足繁く義妹《いもうと》の家へ通って姑の世話をしている。

礼のひとつもいってもらいたいものだとおもったが、むろん期待をしたわけではない。

亭主に礼などいわれたら、夏の雨が雪になってしまいそうだ。おしおは義妹からもらったヘチマ水をぴたぴたと顔へはたき、丸めておいた夜具を引きだしてどさりと横になった。

た。亭主の背中を眺める。

あの背中が頼もしくおもえた日々もあったのだ。縁談をまとめてくれた人に連れられてこっそり顔を見に行き、「ほら、あの梯子《はしご》の上にいる男だよ」と指さして教えられたとき顔よりもまず目を奪われたのが、細身のくせに筋肉質、陽射しを跳ねかえすように盛り上がった男のむきだしの背中だった。夫婦になった当初は、あの背中に腕をまわし、感極まって爪を立てそうになる夜を想像しただけで頬が燃え動悸がしたものだし、汗を拭いてやるときなど、ついつい見惚れて「早くしねえかッ」と叱られたりもした。

市蔵の背中のむこうでは、まだ雨音がしている。

「おやすみ」

おしおは亭主に背をむけた。

二

雨の季節ははじまったばかりだ。今は止んでいるが、いつ、また降りだすか。

おしおは破れ傘を手に思案した。先日、棒手振《ぼてふ》りの夫婦が出て行ったあとへ浪人者がらしい。

越してきた。まだ長屋の木戸に商い札は貼られていないが、大家の話では傘張りが生業《なりわい》
　ちょうどいいや、張り替えてもらおうかね——。

　隣人のよしみで割安にしてくれるかもしれない。いや、挨拶がわりに銭は不要といってくれるかもしれない。虫のよいことを考える。おしおは、昨夜の残り物の大根の煮つけをほんのぽっちり器に入れて、傘と一緒に持ってゆくことにした。

「おまえさん、ちょっとそこまで行ってくるよ」

　聞こえているはずだが、返答はない。

　浪人の家は路地のとっつきにある。

　入口の戸が開いていたので、おしおは中をのぞいた。

「ひゃッ」

　おもわずのけぞったのは、土間に置かれた骨だけの傘のあいだから男の背中が見えたからではない。その背中のむこうがきらりと光ったからだ。なにか……そう、刀だ。

　立ちすくんでいると男が振りむいた。

「遠慮はいらん。入ってくれ」

　面とむきあうのははじめてだが、男の顔がおもいのほか人なつこそうで感じもよかったので、おしおは及び腰で敷居をまたいだ。

男は三十か、出てもふたつみっつといったところだろう。粗末な布子《ぬのこ》に野袴《のばかま》といったいでたちも、月代《さかやき》の伸びかけた侍髷《さむらいまげ》も、浪人以外のなにものでもなさそうに見えるのに、なぜか颯爽《さつそう》としてうらぶれた感じはしない。胡坐《あぐら》をかいているから正確にはわからないが、中肉中背のようで、顔も、ととのっているがととのいすぎてはいないという微妙なところに親しみやすさが感じられた。

「なにか用か」

「へえ。傘を……」

「おう、修繕か」

男は立ち上がってそばへくると、おしおが差しだした傘をうけとった。人差し指や親指の腹に年中まめをこしらえている市蔵とちがって、男の手はひとまわり大きく、指の付け根全体に胼胝《たこ》ができている。

「ようも使い込んだものよのう」

男は傘を開いておかしそうに眸《ひとみ》を躍らせた。

「昨夜の雨で……て、もとから破れちゃいたんだけど」

「そうか。あの豪雨の中に出ておったとは気の毒な……しかし、おれが傘張りだとようわかったの」

「大家さんから聞きました」

「おっと、ここの住人か。こいつは失敬」

男は滝瀬《たきせ》八六郎《はちろくろう》と名乗り、まだ引っ越しの挨拶まわりをしていないことを詫びた。

「饅頭《まんじゆう》でも配るつもりがあいにくの雨で……」

「気をつかわなくたっていいんだよ。だれもそんなことしやしませんよ」

おしおは頰をゆるめた。

「これ、残り物だけど、よかったら」

「お、かたじけない。美味《うま》そうだの」

心底うれしそうな顔を見て、おしおもうれしくなった。おしおがつくった飯を食べて市蔵が美味いといったのは、いったいいつのことか。

「なにか、わからないことがあったらなんでも……といったって、こんなとこじゃ、訊くほどの事はなにもありゃしないけど」

八六郎は目を細めて、おしおの顔をじっと見た。

いつにないことなので、おしおはどぎまぎする。

「名を、教えてもらえぬか」

「な？　名前？　あたいの？　へ、へえ。あたいは、おしお、ってんですよ。三軒先の、むこうっかたの家。亭主は市蔵っていって、版木屋の貰い仕事で身すぎ世すぎ……」

「亭主持ちとは残念」

「いや、おしおさんにひとつ、頼みがあるのだが……」

八六郎の頼みとは、長屋の住人について教えてほしいということだった。そんなことならお安い御用だ。

八六郎が半紙と硯箱《すずりばこ》をとってきたので、おしおはうながされるままにかまちに並んで腰をかけて、住人たちの名前とそれぞれの特徴を教えてやった。

「ここは峯吉《みねきち》っつぁんとおいわさん、峯吉っつぁんは普請場《ふしんば》の日雇いで、みっつの男児と赤子がいて……。こっちは重次郎《しげじろう》さんとお亀《かめ》婆さん、お亀婆さんがあんまり口うるさいんで重次郎さんは女房に逃げられちまってね……あ、このむかいは按摩《あんま》の弥助《やすけ》さん、うちの亭主は肩が凝るといっちゃ弥助さんに揉んでもらってますよ」

八六郎は半紙に描いた長屋の見取り図の上に名前を書きこみながら、「ほう」だの「ふむふむ」だのとうなずいている。

自分の話を真剣に聞いてくれる人がいるというのは、なんて気分がよいものか。おしおはうれしくてたまらない。浪人といえど武士、それが、どんな事情があるにせよ、こんな吹き溜まりのような長屋へやって来て、どう見ても世間からはじきだされたような住人たちと上手くやってゆくためにおしおの助けを借りようとしている。それもまた、おしおの八六郎に対する評価を高め、好感を倍増させた。

おしおは八六郎の横顔を盗み見ては後れ毛をかき上げ、くちびるを湿らせる。

「おかげで助かった」

律儀に頭を下げるところも好もしい。

「どういたしまして。それじゃ、あたいは……」

長居もできないので、おしおは未練を残しつつ腰を上げた。

「あ、そうだ、傘は……」

「承知。ほかのはすっ飛ばして、真っ先に張り替えよう」

八六郎の頼もしい言葉に送られて家へ帰る。下駄を鳴らして土間へ入ると、めずらしく市蔵が目を上げた。おや、とおもい、ここ何年もおもいだしもしなかった鼻唄を口ずさんでいたことに気づく。

「傘をね、ほら、とっつきの……越してきたばかりのご浪人……張り替えを頼んできたんだよ。また降るだろうし、あれっきゃないんだからサ、今のうちになおしとかないと」

市蔵はもう手元に視線を落として、仕事に精を出している。

三

傘は、翌日には仕上がった。八六郎が饅頭と一緒にとどけてきた。

饅頭のせいで八六郎の人気はうなぎのぼりだ。

「きっとイイトコの出だよ」

「峯吉っつぁんがね、見かけたんだってサ。お稲荷さんの境内《けいだい》で、立派なお武家さまと立ち話をしてるところ。ってことは、もしかして……」

「由緒正しきお侍がお家の事情で身を隠して……ってことかい」

「そういや品がある。タダの浪人じゃないと、わっちは見たね」

女房連は井戸端で姦《かしま》しい。

おしおは、もとよりのぼせていた。女たちの話が耳に入るたびに誇らしさに目を輝かせ、じれったさに身を揉む。八六郎はこの自分に「頼みがある」といったのだ。「ほかのはすっ飛ばして」いち早く傘を張り替えてくれた。それに、聞きまちがいでなければ、おしおに亭主がいることを「残念」ともらした。八六郎は、ほかの女たちのだれでもない、おしお——あたいにひと目ぼれしたのではないか。

じれったさのほうは、八六郎に女たちの注目が集まっているのでおいそれと近づけなくなってしまったことだ。おしおは傘の礼にまたなにか持ってゆこうとおもっていた。今度は、八六郎のためにつくった美味いものを、ぽっちりなどとけちなことはいわないでたっぷりと。が、そんなことをすれば女房連にやっかまれる。抜け駆けはなにより恨まれるし、悪意のある噂は尾ひれをつけてひろがるものだ。淫《みだ》らな女だなどと誤解されれば、いくら木石の市蔵だって腹を立てて「出てけ」といいだすかもしれない。なにしろ、曲がったことの嫌いな、実直だけが取り柄の男なのだから。

いいサ、あたいなんか、いてもいなくてもいいんだから。出てけってんならね、ああ、いいとも、出てってやらぁ――。

胸の内では威勢よく啖呵《たんか》を切ってみるものの、おしおには行く当てがなかった。もう若くない身では、働き口が容易に見つかるともおもえない。

万にひとつ、ここを出て行くとしたら、それは、八六郎に見初められて、手に手をとって道行《みちゆき》……というのが望ましい。そんなことはお天道さまが西から昇るくらいありえないようにもおもうが、かといって、世間にはそういう奇跡のような話もないとはいえない。

市蔵が怪我をする前に住んでいた、今よりはマシな裏店《うらだな》でも驚愕することがあった。大年増の後家が二十あまりも年下の女房持ちと駆け落ちしてしまったのだ。それも、女房のほうはちょっとした別嬪《べっぴん》だったのに後家は垢抜けない地味な女だったから、近所の衆は唖然として、あの後家には鬼女か山姥《やまんば》がのりうつっていたんだろう、男はもう食われているぞ……などといいあったものだ。

そう。なにが起こってもふしぎはない――。

おしおはひとり、あれやこれやと想像をめぐらせては切ない吐息をもらした。

ある日、八六郎は人目を忍んでぎゅっとおしおの手をにぎる。いや、耳元でささやく。

いやいや、お侍はそんなことはしない。こっそり文をとどけてくる。卯《う》の刻《こく》（午前六時ころ）に稲荷社で……と記された文を。となれば、いつでも持ちだせるよう、身のまわりの品をつつんでおかなければならない。市蔵に見つからないように。

明け方まで仕事をした市蔵が疲れ果てて眠りこけているあいだに、おしおは忍び足で家を出る。白々明《しらじらあ》けの道を駆けて行くと、朝靄《あさもや》の中から八六郎の姿が浮かび上がる。

「おしお……」「八六郎さま……」「行くぞ」「あいッ」

遠国へ旅する道々、おしおは八六郎が由緒ある家の御曹司であることを知る。

「あたいなんかとても……」「いや、おまえとは離れられぬ。共に来い」

道中で二人は結ばれるだろう。おそらく、追っ手の目をくらますために選んだ粗末な旅籠《はたご》の衝立《ついたて》の陰で。おしおは小娘のように恥じらいながらもいざとなると自ら帯を解き、襦袢《じゅばん》の袖を嚙んで声を押し殺して、迎え入れる。八六郎の背中に、腕をまわして……。

ここまでくると、おしおは毎度、かすかに眉根を寄せた。物悲しいような、うしろめたいような、ざわざわっとしたものが鳩尾《みぞおち》から喉元へ駆け上ってくるからだ。

馬鹿だねえ、浄瑠璃じゃあるまいし、ありっこないってば——。

八六郎とは傘をとどけたときからろくに話をしていなかった。もちろん、悪臭のする溝《どぶ》をはさんで左右に六軒ずつが並ぶ棟割長屋だから、木戸を出入りするときだけでなく井戸や後架へ行くときにも顔を合わせることがままあった。そんなとき八六郎は気さくに声をかけてくる。一方のおしおは、まわりの耳目が気になって、というよりこちこちに固まってしまって満足に返事もできない。耳たぶが赤らむ前に逃げだしてしまう。

そんな日がしばらくつづいた一日、おしおは妙案をおもいついた。義妹の家には壊れた傘がある。裏手の雨樋《あまどい》のところに立てかけたまま忘れられていた。

「腕のよい傘張りが越してきたから頼んでやるよ」

仕事の依頼となれば大手を振って敷居をまたげる。

おしおは早速、破れ傘を八六郎のところへ持っていった。

「ほ、ほう。こいつはまた、すさまじいのう」

八六郎は、塵《ごみ》の山から拾いだしてきたような傘をためつすがめつした。

「おアシはちゃんと払いますよ」

木戸にはもう〈傘張り替え　五匁〉と墨書きした商い札が貼られていた。相場より安いので、そこそこ客があるらしい。

「よし、預かろう。ま、それはそれとして……そこへ座らぬか」

おしおは胸の内で快哉《かいさい》を叫んだ。なにもいってくれなかったらどうしようかと心配していたのだ。前回同様、二人はかまちに並んで腰を掛ける。

「ご亭主は相変わらず仕事に追われておるようだの」

いきなり市蔵の話が出た。おしおは虚をつかれたものの……このお人はあたいの亭主のことを気にかけているのだとおもえば、わるい気持ちはしない。夫婦仲がどうなのか、それが知りたくてたまらないのだろう。

「亭主なんて……」おしおは勢いよくいった。「あんな人のことはどうだってかまやしませんよ。仕事のことしか頭にない人なんです。どうせあたいなんか、いてもいなくてもどうってことはないんだから」

八六郎は目をしばたたいた。

「そうか……しかし、男はまぁ、そんなもんだろう。それより、根《こん》を詰める仕事で肩が凝るといっておったの、よう按摩をしてもらうと……」

弥助の按摩はどうだ、巧いか——と訊かれて、おしおは面食らった。

「さあね、知るもんか。けど、そういや、あいつの手は胼胝だらけでごつごつして痛い、下手くそめ……なぁんて怒ってたっけ。でもねえ、こっちだって、あるとき払いの催促なし、といっといて結局は払わずじまい。文句もいえないやね」

「ふむ。そんなに下手では稼ぎにならんだろう」

「それがね、蓼食《たでく》う虫も好き好きってね。夜はよく出かけて行くし。店賃《たなちん》だって、ちゃんと払ってるようだし」

おしおはふくらみかけた胸が急速にしぼんでゆくような気がした。

「按摩を頼みたいんなら……いいですともサ、頼んであげますよ」

「いや、そうではない。そういうことでは……。引き止めたのは、この前のように、話がしたかったからだ。おもてではどうも気ぜわしゅうて、ろくに話もできぬゆえ」

「え？　あたいと……このあたいと、話が、したいと……」

「おしおさんは、北本所へ通って姑の世話をしておるそうだの」

「へえ。あ、けど、おっ姑さんは義妹一家と住んでるんで、ほんとはあたいが行かなくたっていいんですよ。あたいなんか、いなくなったってだれも困りゃしないし……」

「帰りは夜になることもあるのだろう」

「まあ、なんやかやで……。みんな、あたいをこきつかってばかしでサ、こんな暮らし、もう飽き飽きだ。いっそ、できることなら、どこか遠くへ……」

おしおはおもわせぶりに流し目をして見せる。が、八六郎はなにかほかのことを考えているようで、おもむろに腰を上げた。

「夜道は歩かぬがよい。辻斬《つじぎ》りが出るそうな」

四

辻斬りの話はあっという間にひろまった。もっとも辻斬り自体は今にはじまったことではないようで、下谷《したや》や神田界隈《かんだかいわい》では一昨年ころから酒席帰りの商人が斬殺されて金子《きんす》を奪われる話が聞こえていたという。

半月ほど前、ここからもさほど遠くない花川戸町で蠟燭屋《ろうそくや》の番頭が斬り殺された。この一件が一連の辻斬り騒動のひとつに数えられなかったのは財布が中身ごと残っていたからで、番頭が働いていた店でごたごたがあったこともあり、当初は怨恨によるものだとされた。

ところが、見ていた者がいた。大酒を食らってはあることないこと大法螺《おおぼら》を吹く役人泣かせの浮浪者だから、はじめは相手にされなかった。が、よくよく話を聞いてみれば、まんざらでたらめともいいきれない。

「そいつがいうにゃあ、人が来たんであわてて逃げちまったんだってサ。それもこっち、材木町《ざいもくちょう》の方角だったたって」

「半月ほど前っていやぁ、雨が降りだしたころか。それにしても今年はよく降るねえ。見てごらん、あの雲。またザーッとくるよ」

「そんなことより辻斬りのハナシ。辻斬りってのは刀がつかえなきゃ……となりゃお侍のなれの果てだ。ちょうどあのころ、ここにも傘張りの……」

「よしとくれッ。くわばらくわばら」

雨が来る前に洗濯をしてしまおうと、女房連は井戸端に集まっていた。いつのまにか、あんなに人気を集めていた八六郎に疑いの目がむけられている。

「ちょいと、いいかげんなことをおいいでないよ」

おしおは異議を申し立てた。いったいどこをどう押せば、八六郎が辻斬りだ、などという突拍子もない話が出てくるのか。

「品がある、イイトコの出だ……なんていってたのはどこのどいつだい？　ったく、よくもころころ変わるもんだ。こんな話が耳に入ったらどうおもわれるか」

「おや、ずいぶん肩をもつじゃないか」

「そういや、おしおさんはあいつんとこへ入りびたってるって……」

「入りびたってる？　だれがいったのサ。あたいは傘の張り替えを頼んだだけだよ」

「どうだか……それにしちゃ長いこと出て来なかったって……」

「なんだってッ。もいっぺん、いってみなッ」

「まぁまぁまぁ、ほれほれ、カッとなっちゃいけねえよ」

按摩の弥助が割って入らなければ、女同士、取っ組み合いになっていたかもしれない。

目が不自由な弥助だが耳は人一倍よく聞こえるようで、こういうときはいち早く飛びだしてくる。

「なんだか知らねえが、喧嘩はいけねえよ。みんな、仲よくやらにゃ」

大柄でもっさりとして、禿頭《とくとう》に丸顔が福々しい弥助が欠けた歯を見せて笑えば、女たちも気勢をそがれて角《つの》を引っこめる。

おしおも怒りをおさめた。女たちの前では勇ましく八六郎を擁護したものの、では自分はどうかといえば、認めたくはなかったが疑う気持ちがまったくないとはいいきれない。なぜなら、はじめて訪ねたあの日、刀を手にした八六郎を見たときの驚愕が胸にこびりついているからだ。浪人が刀の手入れをしていたところで驚くにはあたらない。それなのになぜ、のけぞるほどに驚いたのか。

目を見りゃわかるじゃないか、あのお人が虫も殺せぬってことは──。

おしおは十数年も昔の、祝言の夜のことをおもいだしていた。祝言といったって大《おお》仰《ぎよう》なものではない。白無垢《しろむく》もなし三々九度もなし、手狭な裏店に当時はまだ生きていたおしおの父親と市蔵の親兄弟、近所の数人を集めて安酒と煮しめでお披露目《ひろめ》をしただけだったが、おしおのつつましい半生ではいちばんの画期的な出来事だった。市蔵とはこのときまで顔を合わせたことがなかった。祝言の席でもまともに目を合わせられなかったから、二人きりになってはじめて見つめ合ったときは心の臓が喉から飛びだしそうだった。

はじめは、恐る恐る。が、ひと目で安堵《あんど》した。と同時にひたひたと幸福の波が押し寄せてきた。自分を見つめている男の双眸《そうぼう》がいかにも誠実そうで、胸がほっこり温《ぬく》まってくるようにおもえたからだ。少なくともこの人は、決して嘘をつかないだろうとおしおはおもった。他人を貶《おとし》めたり、媚びへつらったり、粗探《あら》しをしたりすることは絶対にないはずだ。金儲けの才はいざ知らず、守るべきものを命がけで守り通して日々の努力を地道に重ねる――そんな男にちがいない。

今もそのおもいは変わらなかった。おしおは、市蔵に愛想をつかしているわけではない。ないけれど……だからといって、このままの暮らしがつづくかとおもうとげんなりする。破れ傘が一本しかなくて、びしょ濡れになって駆けて帰らなければならない暮らし……わずかな油の増減にも目くじらを立て、無口で働き者の亭主に朝から晩まで当たりちらすような暮らし……そんな暮らしの、というか自分の、なにもかもがいやだった。

八六郎も市蔵とおなじように真っ直ぐな目をしている。だから辻斬りをするような人間ではない。だれになんといわれようと、おしおはそう信じている。

あの目。あの目にじっと見つめられたら、なにかが変わる。そう。あたいにも、心浮き立つ日々がやって来るかもしれない――。

「なんだ、按摩じゃないのかい」

足を引きずりながら帰ってきた市蔵を、おしおは鏡越しに見た。これから出かけるところで、片手に曇った手鏡、片手に歯欠けの櫛を持って髷をととのえている。

「留守だった」

「おまえさんを揉んだって一銭にもならないんだ、商売繁盛でよかったじゃないか」

市蔵は上がってきておしおのかたわらにごろりと横になった。急ぎの仕事を終えたばかりで、使いの小僧が仕上がった版木を取りにくるまでのあいだ、弥助に肩を揉んでもらうつもりだったのだ。

「揉んでやろうか」

「いいから行け」

「せっかく揉んでやろうってのに、あたいじゃ不服かい」

「早う行って早う帰って来いといってるんだ」

やはり辻斬りの噂を気にしているのか。女房を案じる気持ちが残っているならめっけものだ。

「いくら辻斬りだってサ、あたいみてえな素寒貧《すかんぴん》、狙うもんか。もうちっと若きゃ、別の心配もあったんだけど……」

心持ちシナをつくる。

「ひと雨来そうだね」

「降られっぞ」

ひと言いって、市蔵はうるさそうに背中をむけてしまった。

おしおはわざとらしくため息をつく。

「あいよ。そんなら行ってこようかね。飯も炊いたし汁もできてるから、腹がへったら湯漬けにでもして……なんだい、もう眠っちまったのかい」

おしおは下駄を履いておもてへ出た。左右の庇のあいだの長細い空を見上げる。このところ降ったり止んだりがつづいていた。降ってはいないが今も不穏な雲が出ている。傘をつかみ、うっかり遅くなってしまった場合の用心に庇へ吊るした提灯をはずして平たくたたたんだ。

歩きだしてもまだ、鎧《よろい》をまとったような亭主の背中がまぶたに残っている。

「なにサ。頼んだぞ、とでもいやぁかわいいのに」

木戸の手前でハタと足を止める。八六郎の家の戸は閉まっていた。

八六郎はどうしているのか。まさか自分が女たちから辻斬りの下手人だと疑われているとはおもっていないはずだが、万にひとつ、心ない言葉を耳にして機嫌をそこねているかもしれない。

見られたって、かまうもんか。預けていた傘をとりに来たといえばよいのだ。

「あのう、もし、ご浪人さま、傘をいただきにあがりました」

わざと声を張り上げた。近所の女たちに聞かせるためだ。

返答はなかった。何度、訪《おとな》いをいれても返事がないので、戸を細く開けて中をのぞく。

土間には重なり合うように張りかけの傘が数本、並べられていたが、板間にもその奥の座敷にも八六郎はいなかった。

「なぁんだ、留守か」

それではしかたがない。おしおは木戸を出る。吾妻橋を渡り、大川《おおかわ》沿いの道を義妹一家が住む番場町めざして足早に歩いた。

例年ならとっくに雨の季節が終わって、夏空がつづいているころだ。今年はいったいどうしてしまったのか。長雨で洪水した川もあるらしい。炎暑でないから凌ぎやすいかといえばこれがまた大ちがいで、歩いているだけでじとじとと汗が吹きだしてくる。

川縁にしゃがみこんで船頭が長煙管《ながぎせる》をつかっていた。かたわらの杭に繋《つな》がれて猪牙舟《ちょきぶね》が一艘、舟の中に蓑《みの》や笠、莚《むしろ》が置かれているのは雨の用心だろう。川の水嵩《みずかさ》が増しているこんなとき、大半の舟は客を乗せない。それでも緊急の用事で舟を所望する客もあって、破格の舟賃を吹っかけられると聞いたことがある。あの船頭は荒稼ぎも厭《いと》わないようだから、ふところにはたんまり銭があるはずだ。たったの五匁で傘一本張り替える八六郎とはちがって……。

八六郎はどこへ行ったのかと、おしおはまたもや考えた。唐傘屋の下請けをしているなら、傘の骨をもらいに行ったり仕上がった傘をとどけたり、頻繁に出かけなければならないが、八六郎はひとりで細々と商いをしている。骨を磨き、紙を張り、油を引き……けっこう手間がかかるはずだ。安価な儲けしかなくて食べてゆけるのだろうか。

女たちがいっていたように、傘張りはやはり大家《たいけ》の御曹司の世を欺く姿かもしれない。そうでなければ、万万万にひとつ……。

辻斬り――。

ちらりとおもい、あわてて首を横に振る。

その日、おしおは上の空で姑の世話をした。

「あちちッ、火傷《やけど》をさせる気かい」

煮立った粥《かゆ》を食べさせて怒鳴られた。

「痛いってば。熊手じゃないんだ、もうちっとやさしくやっとくれ」

髪を梳《す》くときも叱られた。

「あれ、降ってきたよ。もういいから義姉《ねえ》さん、お帰りよ」

店じまいをはじめた義妹に声をかけられたが、もたもたしているうちに、腹がへった、遊んでくれろと子供たちがまとわりついてきた。おしおが義妹の家を出たときはすでに日暮れ時で、雨は本降りになっている。

五

このひと月、何度、雨に祟《たた》られたか。

片手に傘、片手に提灯の柄をにぎりしめて、おしおは家路を急ぐ。破れ傘ではなく新品同然になった傘であることと今日は油屋へ立ち寄らなくてすむことが救いといえば救いだが、川沿いの道はすぐにぬかるんでしまうので歩きづらい。

昨年も長雨で洪水が頻発した。が、あのころはまだ義妹の家へ通う必要がなかったから、もっぱら家のそこここにはびこる黴《かび》と格闘し、食あたりを心配してなんでもかでも七輪で焼くという手間にかまけていた。大地震があった奥州や、罹ったら最後、三日でころりと死んでしまう恐ろしい流行病《はやりやまい》が猛威をふるったと聞く上方の惨状をおもえば、多少はマシだったといえるかもしれない。

それにしても、昨年といい今年といい……ようもまあ降るものだと、恨めし気に空を見上げたときだった。雷でも落ちたのか、悲鳴とも雄叫《おたけ》びともつかない声がした。いや、声といいきってよいかどうか。人の声か獣の唸《うな》りか、それさえ定かではない。

おしおは棒立ちになって声のしたほうを見た。前方の川縁の藪陰《やぶかげ》のようだが、おしおのいる場所からは距離がある。暗い上にザァザァ降りでなにも見えない。足音が入り乱れ、人声も聞こえたような気がしたが、雨音にかき消されてなにがなにやら……。

もしや、辻斬りか。足がすくんでいた。頭の中が真っ白で、しばらくただ呆けたように突っ立っている。それから一時に恐怖がこみ上げ、おしおは首をまわし目を泳がせながら、あわただしく逃げ場を探した。

引き返すべきなのはわかっている。けれど、長々とつづく川沿いの道は片側に寺や大名家の下屋敷の塀がつづいているだけなので、雨天のこの時刻、めったに人は通らない。ぬかるみも多いし、ここまで来るときも何度か転びそうになった。背後から追いかけられたら逃げようがない。助けを呼ぶこともできない。

それにくらべて、この先には人家があった。橋を渡ってしまいさえすれば往来もあるし、おしおの長屋もすぐそこだ。

おしおは息を詰め、そろりと足を踏みだした。傘をすぼめてその中にすっぽりと上半身を隠し——斬りつけられたとき傘の骨が多少とも身を守ってくれることを念じて——提灯は消してしまうわけにもいかないので体の脇にひきつけて灯がもれぬよう按配して、この難局を切り抜けることだけに集中する。

おそらく、川縁の藪陰には、不運にも辻斬りに遭遇した死体が転がっているにちがいない。下手人は財布や金目の物を奪ってとうに逃げたか。まだ近くに潜んでいるということも……。とはいえ、この雨の中である。粗末ななりをした、銭になりそうなものなど持っていそうにない女を、あえてまた襲うともおもえない。刀が刃こぼれをしては益より損のほうが大きいはずだし……。

「南無阿弥陀仏、南無阿弥陀仏、南無阿弥陀仏……」

おしおは念仏を唱える。転ばぬよう足下に眸《め》を凝らしながら、心の目はそこにはない市蔵の背中を見つめていた。あの背中が今ここにあったら、どんなに心強いか。手のとどくところにあるだけで、足腰に力が入りそうだ。そうすればこの膝もこんなにガクガクしないで、しゃんとするかもしれない。

あと数歩で橋、というところまで無事にたどりついた。辻斬りがあったとおもわれる場所は通りすぎたことになる。安堵した。こわばっていた顔がわずかだがゆるんだ。

と、そのときだ。

「おーい」と背後から聞き覚えのある声が追いかけてきた。

「そこの者。待てッ。提灯を貸してくれ」

足音が近づいてくる。

これほど驚愕し、これほど切羽詰まったことが、これまでにあったか。

おしおは迫りくる声にむかって提灯を投げつけた。それからぱっと飛びだして橋へ駆け上る。夜雨《やう》の中を闇雲に走った。橋の半ばで下駄を脱ぎ飛ばし、なおも駆ける。心の臓が飛びだしそうだったが、それでも歩みをゆるめなかった。往来の人々も多少はいたはずで、何事かとあっけにとられていたにちがいない。

通いなれた道である。おしおは息も絶え絶えに長屋の木戸をくぐり、わが家の庇の下へ駆けこんだ。もう限界だ。傘を放りだして、水桶にもたれるような恰好《かっこう》でへたりこむ。

「どうしたッ」

驚いて飛びだしてきた市蔵に抱き起こされたものの、白目をむいて、口をぱくぱくさせるのが精一杯。

「話はあとだ、水を飲め」

おしおは市蔵に柄杓《ひしやく》で水を飲ませてもらい、肩を借りて板間へ上がった。

「下駄は、脱いじまったのか」

「……あ、ああ」

「血が出てるぞ」

いわれるまで気づかなかった。それどころではなかったのだ。

「畳が、濡れ、ちまうよ」

「拭きゃあいいさ」

おしおは畳の上に仰向けになった。市蔵が手拭をとってきておしおの足を拭こうとしたので、おしおはその腕をぐいとつかんだ。

「おまえさん、ねえ、聞いとくれ」

「ン」

「辻斬りがあったんだ」

「見たのか」

「見ねえけど、あれはきっと辻斬りだよ。橋の、むこうっかた」

「見てねえんなら……」

「下手人と、顔を合わせるとこだったんだ」

おしおは身をふるわせた。

「見ねえのに下手人だとなんでわかる？」

「そりゃ、ほかに、人がいなかったし……」

おしおは腕をつかむ手に力をこめた。市蔵はイテテと顔をしかめる。

「ねえ、辻斬りがだれか聞いたら、おまえさんも腰を抜かすよ」

「だれだ？」

おしおは大きく息を吸いこんだ。

「そこの、傘張りの浪人」

口に出してしまうと、そのことが揺るがしがたい事実になってしまったようにおもえた。大切にしていたものが手指のあいだから落ちこぼれてしまったような喪失感がこみあげる。おしおは、おもわずため息をついた。

一緒に逃げてくれといわれても、もう首を縦には振れない。八六郎と駆け落ちをする夢は潰《つい》えた。いや、そんなことより、問題は八六郎がおしおに気づいたかどうかだ。闇夜だった。雨が降っていた。追いかけてきた八六郎に呼び止められたとき、おしおは声を発していない。傘にすっぽり隠れていたから、顔も見えなかったはずだ。

けれど――。

「あ、傘ッ」

提灯を投げつけたとき、傘が見えたかもしれない。自分の手で張り替えた傘だともしも気づいたら……。

「傘がどうしたって?」

「なんだか具合がわるくなってきた。胸がむかむかして、頭がつぶれそうだよ」

「待ってろ。弥助を呼んでくる。さっき帰ったようだから」

いうやいなや、市蔵は足を引きずって出て行ってしまった。おしおは今一度、ため息をつく。医師を呼ぶ余裕はないから弥助に診《み》てもらおうというのだろうが、按摩をしてもらったところで気分がよくなるともおもえない。

それになにより、まだ頭が混乱していて、これからどうすればよいか――八六郎と顔を合わせたときどんな顔をすればよいか――考えもつかなかった。口封じをする気なら、あのとき背後から斬り捨てることもできた。今さら危害を加えられることはないだろう。

だからといって、大家にもいわずに黙っているわけにはいかないし、その前に、市蔵にしゃべってしまった。

あーあ。あたいはなんて間がわるいんだろう――。

あれこれ考えると、ますます頭が痛くなってくる。

市蔵は弥助を連れてきた。弥助は浴衣姿だ。

「ちょうど寝たとこを起こしちまった。弥助、すまねえな」

「そんな無理をいうもんじゃないよ。あたいは寝てりゃいいんだからサ」

「いいや、他ならぬご近所さんだ、遠慮はいらねえ。どれ、上がるよ」

弥助は愛嬌たっぷりの丸顔に笑みを浮かべ、よっこらせと大柄な体をゆすって上がってきた。目もうっすらとは見えるというし、似たような造りの長屋だから、戸惑うこともなくおしおの枕辺へ膝をそろえる。帰宅後に着替えたのだろう、浴衣はここへ来るとき雨に当たっただけで、雨粒はもう払われてさっぱりと乾いていた。

が、行燈の灯でまじまじと眺める弥助の顔はさすがに疲れているようで、目の下に冥《くら》い隈《くま》がある。

「わるいねえ。いつもウチのが勝手ばかりいって。この雨の中、仕事だったんだろ」

「なぁに。ほんのそこまで行っただけだ。常連だから、どうってこともねえよ。それよりおしおさんこそ、大変な目にあいなすったとか……」

市蔵は弥助にどこまで話したのか。市蔵の姿を捜して目を動かすと、市蔵は土間で水桶の水を鉄瓶に移していた。七輪に火を熾《おこ》して、弥助に白湯《さゆ》を出そうというのだ。

「そうなんだよ」と、おしおは当たり障《さわ》りのないように答えた。今、この場で辻斬りの話を持ちだせば長屋中が大騒ぎになる。

それはまずいと、おしおはおもった。

「早く帰ろうとおもってたのにね、ついつい遅くなっちまって……この雨だろ、なんだか怖くなって、一目散に駆けてきたんだよ」

「義妹さんのとこは番場町だっけか。川っぺりの道は危ねえな」

「わかってるよ。けど、あそこがいちばんの近道だし……」

弥助はおしおの体をうつぶせにして、肩から腰へ揉んでゆく。

「おや、気持ちがいいねえ」

ちょくちょく頼むわりに市蔵は弥助の腕をそれほど買っていないようだが、普段、按摩とは縁のないおしおには十分に効き目があるようにおもえた。腕が太く手も大きい弥助は力があるので、ときおり効きすぎて、おしおは「ひッ」と声をあげる。

弥助の手が剝き出しの足にふれたときだった。つつみこむようにふくらはぎを揉まれて、おしおはわれ知らず体を固くした。

「痛いかね」

「いえ……いいえ、ちっとも」

答えたものの、おしおは眉をひそめた。おもいだそうとしている。市蔵がいっていたように弥助の手のひらはごつごつしていて胼胝があるようだが、似たような手をどこかで見なかったか。

「あッ」

「どうしなすった？」

「い、いえいえ、いえ、別になんでも……」

「足の裏が傷だらけだ」

よほど目を近づけなければ見えないはずの小さな傷に、弥助は正確にふれた。

おしおはごくりと唾を呑む。

「げ、下駄が、ぬ、脱げちまってサ」

「よほど怖いおもいをしたんだろうね。さ、今度は仰向けになって」

「も、もう、このくらいでいいよ」

「いやいや、まだこれからだ。それ、それ、上をむいて」

体のむきを変えるときに首を伸ばして土間を見ると、市蔵はしゃがみこんで鉄瓶の湯が沸くのを待っていた。こちらに半分、丸い背中をむけている。

視線を戻すと、弥助はおもむろに腕まくりをした。左の二の腕に晒《さら》しが巻かれていた。

血がにじんでいる。

「その傷……」

おもわず訊いてしまって、おしおははっと口をつぐむ。と、弥助はにたりと嗤《わら》った。いつもとおなじ笑いのようで、どこかちがう嗤いだ。

「雨の夜は、なにかと物騒だからな」

弥助は、八六郎のように刀胼胝のある手で、おしおの手のひらを揉んだ。肘の下から二の腕、二の腕から肩、肩から首……。底知れない闇のような双眸が真上からおしおの目を見下ろしている。

「も、もう、このへんで……」

「なにを、見たんだね」

「ねえ、おまえさんッ、そろそろ……」

雨の音がなければ、市蔵の耳にとどいたかもしれない。が、市蔵はこちらを見なかった。もっと大きな声を出そうとしたが、弥助の両手が首根っこに置かれていることに気づいて、声を呑みこむ。

「なにがあったか、教えてくれ」

「な、なにも……だれかが、喧嘩を、してた、みたいで……」

「喧嘩？　だれが、だれと？」

おしおは首を振る。首を動かしたせいかもしれないが、弥助の指が少し食いこんだような気がした。

「だれかを見たんだろ。だれを見た？」

おしおは目頭が熱くなるのを感じた。涙で弥助の顔がぼやける。

今や、辻斬りの正体は明々白々だった。そう。八六郎ではなかったのだ。が、わかったところでもう遅い。弥助もわかっているからだ、おしおに知られたことを。

弥助にとって、おしおの首を絞めるくらい朝飯前だろう。市蔵に知られたところでどうということはない。市蔵はやせ細っていて老人のようだし、足がわるいから追いかけることもできない。もしかしたら、弥助は目が見えるのかもしれないし、どのみちおもては夜雨、少しくらいの騒ぎではだれも起きては来ない。弥助は難なく逃げきれる。

「おしおさん」と、弥助は軽やかな声でいった。「そんなに具合がわるいんだったら、鍼《はり》のほうが効くかもしれねえ。ちょいと試してみようかね」

弥助はふところから鍼を出した。

おしおは凍りつく。

ちょうどそこへ、市蔵が湯呑をのせた盆をかかげて上がってきた。

「白湯しかねえが、疲れたろ、休んでくれ」

弥助は舌打ちをした。

「いや、もう少しで終いだ。やっちまうよ」

「そうかい。そんなら……」

おしおはこのとき、ふたつの途《みち》を考えた。ひとつは大声を上げて市蔵に知らせることだ。が、市蔵は動きが鈍い。弥助はあっという間に夫婦共々、息の根を止めてしまうにちがいない。鉞であれ、板の間の机の上においたままになっている鑿《のみ》であれ、土間の隅に立てかけてある火掻《ひか》き棒であれ、いや、弥助なら素手でこと足りる。もうひとつは黙っていることだ。弥助はおしおの口封じをするだろうが、市蔵の命まではとらないような気がする。突き飛ばして逃げるか、当て身を食わせるか。もちろん、確証はないけれど。

あたいのために、亭主を死なせるわけにはいかない――。

市蔵は、橋の欄干から落ちて以来、苦労の連続だった。黒い髪が白髪になり背中が丸まるほど働いてきた。だれのために？　おしおや小太郎のためだ。

おしおは目を閉じた。

「おまえさん。鉞をしてもらうから、あっちへ行っとくれ」

平静を装って――装ったつもりでもぎこちない声で――市蔵を追い立てようとしたときだ。おもいもしないことが起こった。

市蔵が、間近から、過《あやま》たず、弥助の顔へ湯呑の熱湯をぶっかけたのだ。不意をつかれた弥助は「うわッ」と叫んで尻餅をついた。

「おしおッ、行燈だッ」

「あいよッ」

火事を出したらそれこそ死罪だ。が、あれこれ考えているヒマはなかった。おしおは行燈を弥助に投げつける。幸い浴衣の裾が燃えて弥助が火傷をしたくらいですんだものの……。弥助が火を消そうと躍起になっているあいだに二人は手をつなぎあって土間へ跳び下り、鍋と薬缶《やかん》をつかんで路地へ飛びだした。

「火事だ火事だ火事だーッ」

「みんな、起きとくれーッ」

すりこ木としゃもじで鍋と薬缶をガンガン叩く。

八六郎が御番所の手下を引き連れて駆けつけたときはもう、心張棒《しんばりぼう》や天秤棒《てんびんぼう》、火搔き棒や杖、泥棒猫を追い払うための棒きれなど、おもいおもいの武器を手にした浴衣姿の住人たちが、おしおの家の戸口を固めていた。

六

「ったくもう、この長雨にゃ、うんざりしちまうよ」

おしおはぎゅっと濡れた着物の裾を絞った。うんざりというわりに不機嫌に見えないのは、初夏からこっち、大旱《たいかん》で諸国に被害が出ていると聞いたからだ。長雨に苦しむ者もいれば、雨乞いをする者もいる。鬱陶《うっとう》しい雨でもわるいことばかりではないとおもえば、それなりにありがたくもおもえてくる。

おしおは油屋から帰ったところだった。夕方なのでおもてはまだ明るい。

「宗右衛門のやつ、またずるしやがった。あたいの目が節穴だとおもってるのサ。いけ好かないったら……。けど、ああ、わかってるとも。小太郎が世話になったんだ。あたいは恩知らずじゃありませんよ」

水桶の上においた油差しをつかんで板間へ上がろうとして、おしおは水桶の脇に立てかけた破れ傘をちらりと見た。先日の暴風雨でまたもやこのありさまだ。が、八六郎がいないので、当分、このままがまんするしかない。

八六郎は傘張り浪人ではなく、もちろん辻斬りでもなく、どこか由緒ある武家の御曹司でもなかった。奉行所の役人だったと知らされたときは、長屋の住人一同、びっくり仰天したものだ。町方役人の中には、別人になりすまして悪党を見張り、尻尾を捕まえて捕縛するという役割を担う武士がいるのだそうで、八六郎はもとより弥助に目をつけていたらしい。夜雨のために一瞬の遅れをとり、船頭の命を救えなかったことは、八六郎にとって一生の不覚だろう。

「おしおさんの話が大いに役立った」

それでも役目を終えて長屋を出て行くとき、八六郎はおしおに礼を述べたが、おしおは苦笑しただけだった。お奉行所のお役人と道行をする夢を見るなんて、あたいはなんて馬鹿だろう――そのことをおもうと、全身がなにやらこそばゆくなってくる。

八六郎は、引っ越し饅頭と一緒に、預けていた義妹の家の傘をとどけてくれた。おしおがその傘を持っていつものように義妹の家へ行くとき、市蔵は母親と妹夫婦に宛てた文を託した。そこには七ツの鐘が鳴ったらすぐさまおしおを家へ帰してくれと記されていた。夜道は危ないから、決して引き止めてくれるな……と。

「そうなんだよ。ま、そんなわけでね、亭主がだめだとうるさいもんだから、おっ姑さんも文句がいえないってわけ。あんな亭主でもね、あたいがいないとお手上げだからサ。心配で心配で眠れないんだって。フフフ。ま、そうまでいわれりゃ、あたいだってね、ちっとはがまんをしてやらなけりゃって……」

おしおは井戸端で女房連に自慢した。

格別になにかが変わったわけではないものの、あの夜、手をつないで土間へ跳び下りたときの市蔵の手がおもったより力強くて、ちょっとばかしドキッとしたことは、いまだに忘れがたい。雨の中で鍋や薬缶を叩いたときは、危難の最中なのに胸が昂《たか》ぶって、駆け落ちをするっていうのはもしかしたらこんな感じかもしれないね……なんぞとおもったりもした。

「おまえさん、根を詰めると体にわるいよ」

行燈に油をそそぎながら、おしおは亭主に案じ顔をむけた。市蔵は相も変わらず机に鼻をひっつけるようにして版木を彫っている。

揉み賃を心配しなくていい按摩はもういなかった。互いに口にはしないが、弥助は小伝馬牢で死罪になるのを待っているはずだ。

「肩が凝っただろ」

おしおは行燈に火を入れる。

市蔵は顔を上げなかった。が、はっきりとこう返した。

「あとでおめえに揉んでもらうサ」

「おや、そうかい」

おしおの声が手毬《てまり》のように弾む。自分でも気づかずに鼻唄をうたいながら土間へ下り、油差しを水桶の上に置いて、おしおはいそいそと夕餉《ゆうげ》の仕度にとりかかった。

縁先《えんさき》物語

鈴木春信「縁先物語」（上）
「お百度参り」（右下）
「丑の時参り」（左下）

一

若林角之助《わかばやしかくのすけ》には爪をこする癖がある。

右手親指の腹で左手の親指の爪をこする。左手親指の腹で右手の親指の爪をこする。これをかわるがわるくり返す。爪をかんでしょっちゅう叱られていたころ、自制の意味から身につけてしまった癖らしい。といっても大昔のことなので、はっきりとは覚えていない。

別段、見苦しくもなし、他人に迷惑をかけるわけでもなし、咎《とが》められるいわれはないものの、妻女の美千代《みちよ》だけはときおり不快そうな眼差しをむけてくる。

美千代が気に入らないことは他にもあった。

「加津代《かつよ》の下のほうが髪置きの儀《ぎ》だそうにございます。心ばかり包んでやってもよろしゅうございましょうか」

「内証《ないしょ》のことはおまえにまかせる。いちいち訊《き》かずともよい」

「では、ご用意いたしますので、旦那さまからお渡しください。たまにはお声をかけてやっていただきたく……」

「家におればな」

隠居の身だから大概は家にいる。書見をしているか下手な漢詩をひねっているか、でなければ──実際はこちらのほうが多かったが──惰眠をむさぼっているか。まだ老いさらばえる歳ではないものの、威儀を正し目を光らせて不寝《ねず》の番《ばん》をつとめる御役目から解放されたとたん、心身のタガがゆるんでしまったようだ。

美千代はためらいがちに「それから……」と夫の小袖に目をやった。

「内々といえども、お召し物を今少し……」

「このなりではまずいか」

角之助はわざとらしく両腕をひろげて見せた。

たしかに八十石の禄《ろく》を食《は》んでいた元《もと》御先手《おさきて》御弓組与力《おゆみぐみよりき》が色褪《いろあ》せてよれよれになった唐桟《とうざん》を着ていては沽券《こけん》にかかわる。が、財政逼迫《ざいせいひっぱく》の折から、上も下も倹約倹約の寛政改革の最中でもあった。角之助自身は褒められこそすれ、眉《まゆ》をひそめられる筋合いはないとおもっている。

もっとも、男にしては華奢《きゃしゃ》な体つきのせいか、鬢《びん》の白髪やしわの数とも相まって、粗末な着物は貧相なだけでなく年齢以上に角之助を老けこんで見せていた。敬老扱いをよいことに偉そうにふるまったところが実際は相手のほうが年上だった、などということもしばしばだ。美千代の立場からすれば、妻女の気配りが足りないせいだと他人に眉をひそめられるのが心外なのだろう。

今の風采からは想像もつかないが、角之助は幼いころ美童と騒がれた。前髪立《まえがみだち》の元服前にはすでに紅顔の若侍と評判で、女たちから目ひき袖ひきされた。結婚は家同士の決め事だからいたしかたないとはいえ、角之助が美千代と祝言を挙げたときはだれもが意外そうな顔をしたものだ。美千代は、顔立ちこそ十人並みだが女にしては大柄で、肩もいかつく手足も大きく、二人並ぶと男女さかさま、白無垢《しろむく》と裃《かみしも》を取り換えたほうがしっくりするように見えた。ところがふしぎなもので、歳月を経た今は風貌が似てきたのか、それなりにつりあいのとれた夫婦になっている。

「できますればお髪《ぐし》もととのえていただきたく」

「わかったわかった」

「いえ、今すぐに」

「ン？」

「坂口英左衛門《さかぐちえいざえもん》さまがいらしております」

「なに？　英左が？　なぜ早ういわぬ」

「申しわけございません。急用ではないゆえ待たせていただくと仰《おお》せでしたので」

「気の利《き》かぬやつめ」

角之助は腰を上げた。英左衛門を待たせている小書院へ出て行く途上、あわただしく鬢のほつれをととのえる。

坂口英左衛門は小書院の縁の近くまで出て胡坐《あぐら》をかき、初秋の庭を眺めていた。丸みをおびた背中のむこうに萩《はぎ》の花がひと群れ。灰吹きを引きよせて煙管《きせる》をつかっているところを見ると、なるほど急ぎの用事ではないらしい。

「英左、おぬしが訪ねてくれるとは、めずらしいのう」

英左衛門は猪首《いくび》をまわして角之助を見上げた。こちらは角之助とは反対に血色の良い丸顔も堂々たる体つきも若いころから変わらず、額や鼻の頭などまだてらてらと脂ぎっている。

「隠居したと聞いたゆえ、様子を見に参ったのだ」

「様子？　ふん、退屈な毎日よ。おぬしはどうだ？」

「おれはまだ御役目に追われる身ゆえ」

「そうか。多忙なのにすまぬの」

「いや、今日は非番だ。というても、少々気になることがあって向島《むこうじま》へ出かけた帰りでの、このところばたばたしておったゆえ、ようやっと一服できた。考えをめぐらせるのにこの庭はおあつらえむきだ」

英左衛門は幼なじみである。角之助と同様、御先手御弓組の与力だが、こちらの組《くみ》頭《がしら》は火付盗賊改方《ひつけとうぞくあらためかた》の加役をつとめているので配下の者たちも気の休まるヒマがないようだ。大人になってからの二人は、冠婚葬祭でもなければめったに話をする機会がなかった。

座敷に腰をすえてむきあう。美千代が運んできた茶菓を合いの手にして互いの近況を報告したあとは、とりとめのない世間話になった。

「一献《いっこん》、やらぬか」

角之助は猪口《ちょこ》を口許《くちもと》へ運ぶ仕草をして見せる。

「いや、やめておこう」

「昼間から浴びるほど呑んでおったおぬしが、どういう風の吹きまわしだ?」

「近ごろ体調がおもわしゅうないのだ。あっちこっち痛むばかりでの」

「そうは見えぬがの。働きすぎではないか」

「倅《せがれ》の出来がわるいゆえ、こういうことになる」

「贅沢を申すな。男子がおるだけましだぞ」

「おぬしのところは……娘か。そうだった、養子を迎えたとか」

「家督を譲ったとたん、こっちは用無しになった。しかも養子というのが真面目だけが取《と》り柄《え》の朴念仁《ぼくねんじん》での、酒の相手もできぬつまらぬ若造だ」

結局はどちらも愚痴になる。

「ま、真面目につとめておるならよいではないか。このところ風紀風紀とうるさいゆえ、どこもひやひやしておるぞ。おれたちの若いころは……」

「おいおい。昔話をするようになったら終《しま》いだぞ」

「おぬしが昔話を疎《うと》んじるのはさもありなん。だが、お父上にいらぬ心労をかけたことだけは忘れるなよ。あのころのおぬしときたら……」

「なんだ、他人のことをいえる柄か。大酒呑んでは喧嘩三昧、ご両親を困らせておったのはどこのどいつだ？」

「幸いおれは、おぬしのような色男ではなかった」

「だからなんだ？　いや、よそう。昔のことだ」

「うむ。おれたちも、ようここまで生きたものよ」

二人はしばし黙りこむ。歳月の重みが胸に迫ってきた、といった顔で。

英左衛門は煙管を吸いつけた。

角之助は爪をこする。

ややあって、英左衛門はトンと煙管を灰吹きの縁に置いた。

「向島へ出かけた帰りと申したが、実は気になることがあるのだ。昔も似たような騒ぎがあった。おぬしも覚えておるはず」

「似たような騒ぎ？」

「火付けだ。下手人は女」

「女……」

角之助の指の動きがぴたりと止まる。

「焼死した者はいなかったが、家が丸焼けになった」

英左衛門の話によると、火事があったのは十日ほど前の申《さる》の刻《こく》（午後四時ころ）、全焼したのは神田須田町《かんだすだちょう》で唐物屋を営む大和屋才兵衛《やまとやさいべえ》所有の寺島村《てらじまむら》にある別宅だ。そこに住んでいたのは、才兵衛の子を孕《はら》んだ妾《めかけ》と身のまわりの世話をしていた下女だった。この日、主従は近所の神社へ安産祈願に出かけていたという。

「下手人の女とは？」

「才兵衛の女房だ。妾宅のまわりをうろついていたのを見た者がいる。火事があったすぐ前にも見られていた。それだけではないぞ。女房は丑《うし》の刻参りをしていたらしい。夫婦には子がおらぬゆえ……」

妾の腹の子を呪い殺そうとしていたのか。

「で、お縄になった」

「むろん。付け火は大罪だ」

「本人は認めたのか」

「いや。呼びだされて訪ねただけだといいはっている」

　苦しまぎれのいい逃れだろう。女房が下手人であることを疑う者はいなかったが、英左衛門は慎重を期すようにと部下に命じ、非番の今日も自ら検分に出かけた。

「近くにいたというだけならまだしも……」

「……丑の刻参りをしていた」

「うむ。それでだれもが女房の仕業と決めつけた。が、よくよく聞き合わせたところが、その話は妾の口から出たものだった」

「なるほど。どちらの言い分が正しいか……厄介な話だのう」

　角之助はぬるくなった茶をすする。

　英左衛門は「女子《おなご》はわからぬ」とつぶやいて煙管を吸いつけ、鼻から太い息をもらした。

「今、おぬしのことをおもいだしておったのだ。寺島村で養生しておったころの……」

「たしかに……あれは悲惨な出来事だった。しばらくは物が喉を通らなんだし、熱もぶり返した。おもいだすたびに今でもふるえがくるわ。だが、火事は、珍しゅうもない」

「そうか。おぬしはなにも聞かされておらなんだのか。お父上が即刻、家へ連れ帰ってしまわれたゆえ、もしやとおもうておったが……。よけいなことをいわぬよう、まわりにもいいふくめたのだろう」

「ああ。いろいろと腑に落ちぬことがあったらしい。おれは親父から聞かされた」

「よけいなこと?」

英左衛門の亡父も火付盗賊改方の与力だった。

角之助はにわかに息苦しさを覚えた。遠い昔の出来事である。これまで忘れようと努めてきた。今さらむし返してなんになる……そう自分にいい聞かせつつも、一方で、もし知らされていないことがあるならぜひとも知りたい、ともおもった。自らの年齢と照らし合わせて、今を逃せば一生知らずじまいにちがいない。それが、口惜しい。

「教えてくれ。腑に落ちぬこととはなんだ?」

「聞かぬが花だ。お父上に叱られる」

「父ならとうに鬼籍《きせき》に入っておるわ。いずれにしろ、おれも隠居の身だ、今さらなにを聞いたとて驚かぬ」

英左衛門はしばらく思案していたが、「それもそうか」とうなずいた。

「こっちも明日があるとは限らぬしの……よし、いおう。といっても、あくまで噂だ、真偽のほどはわからぬ」

四十年前、大川《おおかわ》の東岸、向島の寺島村にある大店《おおだな》の寮が燃え、二人の女が焼死した。老僕が女たちのいい争う声を耳にしたそうで、争った拍子に行燈《あんどん》が倒れ、灯火があっというう間に燃えひろがったものとおもわれる。角之助はそう聞かされていたのだが──。

「焼死体は、ひとつしか、見つからなんだ」

角之助のけげんな顔を見て、英左衛門は説明を加えた。

「二人の女のうち、焼死したのはどちらか一人。今一人はいずこへか消えた。噂がひろまるのを怖れて摂津屋《せっつや》が裏で銭をばらまいたのだろう、おざなりに調べはしたものの、とうとうわからずじまいだった」

「ということは……」角之助はくぐもった声で問い返した。「つまり、二人のいずれかが、もう一人を見殺しにして逃げ失せた、と？」

「そういうことになる。いや、はじめから仕組まれていたということも……」

角之助は目をみはった。よもや、英左衛門は、一人がもう一人を焼き殺したとでもいうのだろうか。

「まさか……信じられぬ。二人は仲睦《なかむつ》まじかった。実の母娘のようだった。いや、争い事も……多少はあった、やも、しれぬが……」

「おぬしは二人と親しゅうしていた。あの家に入りびたっていたからの。それどころか、争い事の種を蒔《ま》いたのは、おぬし、と、おれはみている」

「よしてくれ。それはちがう。摂津屋の娘にはそもそも気鬱《きうつ》の病があった」

「いかにも。娘は気鬱の上に奇矯なところがあった。それにそう、丑の刻参りをしていたとも。だれを呪おうとしていたのかのう。そのこともあって、おれの親父は娘を下手人とみていたようだ。おれも疑っていた。摂津屋もそうおもったからこそ、揉《も》み消そうと躍起《やっき》になったのだろう」

だが娘の消息はわからずじまい、真相は今もって闇の中だ。

角之助は爪をこする。

「それならおれだけが……あの火事は不慮の失火だと、二人共に焼死したと、これまで偽りの話を信じてきたのか」

「お父上はおぬしを案じておられた。一刻も早う忘れてほしかったのだ」

「だとしても、真実を知らぬまま……」

「知ってどうなる？　どのみち真実なんぞ、だれにもわからぬ」

茫然としている角之助に労《いた》わりの目をむけ、英左衛門は「さてと、そろそろ失敬するぞ」と腰を上げた。

「妙な話になってしもうたの。大丈夫か」

「ああ……ああ。おれの心配より、おぬしももう若うはないのだ、無理はするなよ」

「酒も呑めぬ身では、いつまでもつか」

英左衛門を見送ったあと、角之助は小書院へ戻って、縁近くの畳に腰を下ろした。胡坐をかき、爪をかむ。さっきより影が伸びたせいか濃淡がくっきりとして趣《おもむき》の増した庭に視線を彷徨《さまよ》わせた。風も少し出てきたようだ。萩の紅い花びらがときおりぱらぱらと散るさまは、火の粉のようにも見える。

あの縁先にも萩の花が咲いていた——。

そう思ったとたん、鳩尾《みぞおち》に焼け石を当てられたような痛みが走った。遠い昔に感じたと同様の痛みだ。四十年もの歳月、胸の奥に封印してきた。むろん焼け跡へは以来、一度も足をむけなかった。今の今まで、このまま死んでゆくつもりだった。けれど……。

記憶のかなたから、だれかが手招きをしている。

萩のゆれる縁先で笑いさざめく女が二人。十五、六の美少女と臈《ろう》たけた乳母。どちらか一人が欠けても、名だたる絵師が描く一幅の絵のように胸をゆさぶるあの場面は生まれなかったにちがいない。まるで「至福」という言葉を絵筆で写しとったかのような……。

無意識にかんでいた爪を、角之助はじっと見つめる。

「行ってみるか」

刹那《せつな》、背筋にざわっと悪寒が走った。

二

角之助は生け垣の隙間に片目をつけて、ひと群れの萩が涼風にゆれる先につづく光景に見惚れていた。

向島の寺島村には、武家の別荘や大店《おおだな》の寮など、粋を凝らした小家が点在している。この寮もそうした一軒で、日本橋《にほんばし》で太物を商う摂津屋の主人がおそらく賓客をもてなすために建てたのだろう。屋根は茅葺《かやぶき》、漆喰《しっくい》の壁に蔀戸《しとみど》や円窓《まるまど》がはめこまれ、梁《はり》や床木の銘木にも風趣が感じられる。座敷のまわりをぐるりと広縁《ひろえん》が取り巻いていて、かたわらにはあえて古寂《ふるさ》びた手水鉢《ちょうずばち》が置かれ……。

その小家の縁先で、少女と二十代半ばと見える女が横座りになって肩を寄せ合い、双六《すごろく》に興じていた。いずれ劣らぬ美貌もさることながら、初秋の澄明な陽射しにつつまれた女たちの肌が白絹のように光りかがやき、かたや垂れ髪、かたや島田髷《しまだまげ》、ふたつの髪は黒々と艶めき、装束はいずれもしなやかな体をよりしなやかに見せる上物。少女は瑠璃色に華やかな秋草模様の小袖、年長の女は紺地に撫子《なでしこ》模様の小袖、着くともなく離るるともなく、ふれあうたびに光の粉が舞い踊る。

これは、夢か――。

角之助はため息をもらした。

非の打ちどころのない光景は、ただ美しいだけでなく、二人のあいだにただよう親密な気配からも醸《かも》しだされているようだ。どちらかが真剣な顔で賽子《さいころ》を振ると、もう一人が手を叩いて歓声をあげる。互いに肩をぶつけあう。愉《たの》しげな笑い声がはじける。

角之助はこの女たちを、諏訪《すわ》神社の境内《けいだい》で見ていた。最初は数人の仲間と立ち話をしていたときで、二度目は見舞いに来てくれた坂口英左衛門と散策をしていたときだ。角之助は蒲柳《ほりゆう》の質《しつ》で、原因不明の熱に悩まされることが多々あり、この春先から寺島村の別荘で療養していた。幼いころ生母を亡くし、継母に育てられた。継母との仲も決してわるくはなかったが、このとき継母は懐妊中で、そのこともあって向島で療養させられていたのかもしれない。

「見ろ。摂津屋の娘だぞ」

だれかがいったので、若者たちはいっせいに女たちを見た。若者といっても年齢や育ちはまちまちで、十代後半の旗本《はたもと》の三男坊もいれば、角之助のように元服前の御家人の息子もいる。各々《おのおの》事情があり、短期もしくは長期にわたって寺島村に滞在していた。寮に女たちがやって来たのはつい先日で、二人の他には老僕がいるだけ。賄《まかな》いや身のまわりの世話には村の娘が通っているらしい。

「日本橋では小町娘と評判だったそうだが、たしかに別嬪《べっぴん》だな」

「もう一人は侍女か」

「いや、乳母と聞いたぞ。しかし乳母にしては若すぎる」

「ああ。どう見ても二十代の半ばとしか見えん」

「おい。あんまりじろじろ見るな。彦太郎《ひこたろう》ッ、角之助ッ」

女たちも、若者たちに見られていることに気づいたようだ。乳母のほうが娘を隠すようにして一行の前をよぎり、社殿へむかう。通りすぎたそのとき、娘は首をまわしてちらりとこちらを見た。目が合ったような気がしたのは角之助のおもいちがいか。若者たちはもう別の話題に興じている。

二度目は石段ですれちがった。角之助と英左衛門は上がってゆくところ、主従は下りてくるところ。どちらも足を止め、乳母が軽く会釈《えしゃく》をした。英左衛門は会釈を返したようだが、角之助は気恥ずかしくて主従の顔を見られなかった。

「今の、知り合いか」

英左衛門が肘で角之助の脇腹をつついた。

「知らん」

「あの娘、おまえに見惚れておったぞ」

角之助は「ふうん」と気のない返事をする。見られるのは、幼いころから馴れていた。「まあ、なんて愛らしい」「あら、女子かとおもいました」……そんなふうにいわれても嬉しかろうはずがない。十四になった今は色目をつかってくる女たちもいて、正直、辟易《へきえき》していた。

だから、娘に心を奪われたわけではない。ましてや、あとをつけたり、家を探したりしたわけでもなかった。主従のことなどすぐに忘れている。

それなのにこの日は、たまたま通りかかった道で女たちの笑い声を耳にした。なんのくったくもないその声は愉しげで温かく、少年の心の琴線《きんせん》をふるわせた。憑《つ》かれたように生け垣へ歩み寄る。隙間からのぞいた。

はじめは諏訪神社で見かけた主従だということさえ気づかなかった。夢の中にまぎれこんだような心地がして心奪われ、ただ貪《むさぼ》るように見つめる。

無我夢中で眺めていると、乳母が顔を上げ、生け垣を見た。

「そんなところにいないで、こちらへいらっしゃい」

だれッと娘が鋭く叫んで乳母の背中へ隠れる。

角之助はふいをつかれて棒立ちになった。金縛りにあったように動けない。

「その横に木戸があります。押せば開きますよ。さ、どうぞ」

乳母は手招きをした。乳母とは裏腹に、娘は「いやよ、だめ」というがいなや座敷へ逃れ、襖障子《ふすましょうじ》を閉じてしまった。

「ホホホ、心配はいりません。どなたかわかれば、お嬢さまも歓迎なさいますから」

角之助は木戸を押し開けた。一歩だけ足を踏み入れて、当惑したようにその場にたたずむ。襖障子のうしろで息を呑むような音がした。娘が隙間から様子をうかがっていたのだろう。

乳母は手早く双六をたたんで脇へ押しやった。

「さあ。ここへお掛けください。お嬢さまもわたくしも、若君さまとお近づきになりたいものだと話していたのですよ。お訪ねくださってうれしゅうございます」

乳母の声音はまろやかで甘く、少し湿り気があって秋霖《しゅうりん》に濡れた庭を想わせる。

角之助は爪をかみ、細い体をもじもじと動かした。たった今見たばかりの一幅の絵のような光景の中に自分も入ってみたいという烈しい衝動と、なぜと訊かれても答えられないが今すぐきびすを返してこの場から逃げださなければいけないという焦りと……ふたつのおもいに引き裂かれて立ち往生している。

角之助の気弱な心を奮《ふる》い立たせたのは、娘のはにかんだような笑みだった。いつのまにか襖障子が細く開いて、娘の顔がのぞいている。縁先《えんさき》に陽光があふれているので娘の背後は暗く沈んで、それがいっそう娘の面《おもて》の透きとおるような白さを引き立てていた。

「お名をうかがってもよろしゅうございますか」

角之助が腰を掛けるのを待って、乳母が訊ねた。名を教える。

「角之助さま……頼もしいお名ですこと。ねえ、お嬢さま……」

角之助は「ええと……」と二人の顔を交互に見つめた。

「これはご無礼をいたしました。お嬢さまはお初《はつ》さまと仰せられます。わたくしは乳母のたみ、お嬢さまがお生まれになったときからお世話を申し上げているのですよ」

角之助は乳母の顔を凝視した。それが真なら、たみはどんなに若くても三十前後ということになる。どう見てもそんな年齢には見えない。

「わたくしどもはゆえあって、しばらくこちらに滞在することになりました。どうぞ、お嬢さまのお話し相手になってやってくださいましね」

断る理由はなかった。ここは居心地がいい。お初は愛らしく、たみは亡母のような――といっても形見の品々から想像するしかなかったが――なつかしい香りがした。それに、角之助は少々退屈していた。英左衛門はめったに来られないし、近隣に滞在している者たちも出たり入ったりで親交を深めるまでにはいかない。

角之助は問われるままにぽつりぽつりと素性を語った。が、女たちのほうは自分たちの話題になると巧みに話をそらしてしまう。もっとも日本橋の大店の娘と乳母ということは訊かなくてもわかっているので、角之助もそれ以上の詮索はしないことにした。

「ちよが甜瓜《まくわうり》を持ってきてくれました。ご一緒にいただきましょう」

ちよというのが通いの下女らしい。甜瓜を食べて麦湯を飲み、三人で双六に興じるころにはすっかり打ち解けていた。話をするのはほとんどがたみで、お初は相槌《あいづち》を打つ程度、自分からはめったに話さぬものの、引っ込み思案かとおもえば勝気そうなところも仄見《ほのみ》えて、ときおり角之助を見つめる双眸《そうぼう》には早くも憧憬《どうけい》と恋情があふれている。

「またいらしてくださいね。きっと、にございますよ」

女たちと指切りをして帰る道々、角之助は甘やかな感傷にひたっていた。生け垣の隙間からのぞいたあのときから、抗《あらが》いがたいほど惹《ひ》きつけられた。自分が無意識に求めていたもののすべてが、あそこにはあるような……。

少年の足ははずんでいる。


その日も角之助は小家へ来ていた。

「ほら、また……お爪をかんではなりません」

やわらかく湿った指が角之助の手首にふれ、そっと引き下ろす。と、その手で手首を縁の板に押しつけたまま、もう一方の腕で肩を抱き寄せる。

肩を抱かれただけで、角之助は夢見心地だ。

たみは角之助の耳元へ顔を寄せた。

「お嬢さまは、寝ても覚めても、若君さまのことばかり想うておられます」

たみの芳《かぐわ》しい息が、甘い囁《ささや》きと共に耳をくすぐる。

この日、縁先にお初の姿はなかった。どこかへ出かけたのか。それとも家の内にいるのか。たみと二人だけでいるのが角之助には照れくさくもあり、反面、昂《たか》ぶる気持ちもあって、おもうように話ができない。

「年が明ければ、若君さまもご元服なさるのでしょう。でしたらもう立派な大人です。双六遊びばかりでは申しわけがのうて……」

角之助ははっとたみの目を見返した。濡れ濡れとした眸《ひとみ》には、誘っているようにも戯れているようにも、どちらともとれる笑みが浮かんでいる。

男女のことを、角之助も知らないわけではなかった。仲間たちの武勇伝はしょっちゅう聞かされていたし、英左衛門からもあれこれ教えられている。女子のような美少年と騒がれていても十四の男子だ、美少女のいる女住まいを足しげく訪ね、双六やお手玉で遊んでいるだけだといってもだれが信じようか。

「実はお嬢さまから、若君さまのお気持ちをうかがってほしいと頼まれているのです」

「わたしの、気持ち……」

「そう。お嬢さまをお好きか、お嫌いか」

嫌いなはずがない。こうして自然に足がむいてしまうのだから。

人目を忍んでいるつもりでも、こういうことは自然にもれてしまうもので、何日か前、久々に英左衛門に会ったとき、「案じたとおりだな、蜘蛛《くも》の糸にかかったか」とからかわれた。「深入りはならぬぞ、用心しろよ」と忠告されたが聞き流して、父には内緒にしてくれと念を押した。このところ体調が良いのは通うところができたおかげだ。別に疚《やま》しいことはしていないと言い訳をしたとしても、父はなんというか。元気になったのなら帰って来いと、強引に引き離されてしまうかもしれない。

「むろん、お初どののことは……」

好きですと答えようとして目を上げた。雨に濡れた萩の花びらのように紅いくちびるを見たとき、体のどこかがぴくりと動いた。熱い血が駆けめぐる。角之助は動揺を隠そうと唾を呑みこみ、挑みかかるようなまなざしで――秘密を知られてひらきなおった者のように――たみの視線をとらえた。

「おわかりのはずです」

たみはちらりと背後を見た。

「それでしたら、ようございました」不自然なほど明るい声でいう。「若君さまのおかげで、お嬢さまは目に見えてようなられました」

と、そのとき、襖障子の奥で微《かす》かな物音がした。角之助はびくりとする。たみと二人ではなかった。お初が息をひそめていたのだ。

「存じませんでした。お初どのは、どこかおかげんがおわるいのですか」

「気鬱の病がおありでこちらへ……でも、大したことはありません。このぶんなら、もう心配はいりません」

たみはそこで襖障子のほうへむきなおった。

「お嬢さま。若君さまをそちらへお通ししてもよろしゅうございますか」

すると「ええ……」と蚊の鳴くような声が返ってきた。

「どうぞ、中へ」

妙なことだが、何度か訪ねていながら、角之助はまだ座敷へ入ったことがなかった。いついつと約束をするわけではないので、天気の良い日しか来られなかったせいもある。来ればいつも縁先で三人、たあいのないおしゃべりや遊びに興ずる。それが今、はじめて座敷へ入るようにと誘われた。

角之助は狼狽《ろうばい》した。

襖障子の奥の、あの暗がりにはなにがあるのか。もちろんお初が待っている。お初は愛らしい。そばにいるだけで胸がときめく。けれど、二人きりで、いったいなにを話せばよいのだろう。

突然、怖くなった。謎めいた漆黒の闇が自分を呑みこもうと待ちかまえているような気がした。呑みこまれれば二度と光を見ることのできない闇が……。

「ええと、今日は、父が来るので……お初どのには、また、今度……」

しどろもどろの言い訳とは裏腹に、角之助ははじかれたように立ち上がった。呼び止められる前に木戸を飛びだしている。動悸《どうき》を鎮めながら家へむかって歩いていると、たみが追いかけて来た。

「わたくし、なにか、お気に障《さわ》ることをいたしましたか」

「いえ……」

「では、すぐにまた、いらしてくださいますね」

「いらしてくださらないと、お嬢さまが寂しがります」

そのときだ。華奢で気弱な少年にどんな力が働いたのか。角之助は考えるより先に両手を伸ばして、たみの左右の二の腕をつかんでいた。

「お初どのは……お初どののことは好もしゅうおもうています。なれどわたしは……」

二人は目を合わせる。たみは当惑したように目を瞬《しばた》いた。

「お嬢さまと若君さまなれば、だれが見てもお似合いのお二人……摂津屋はお大尽《だいじん》ですから、いざとなればなんとでもなります。わたくしは、お嬢さまのお幸せだけを、願うております」

武家と商家では身分がちがう。が、そこはなにごとも銭次第だ。お初が武家の養女になれば角之助と夫婦になることも不可能ではない。たみはそういいたいのだろう。英左衛門は「蜘蛛の糸」といったが、気鬱の病で養生している主家の娘にふさわしい相手を見つけてやることは、たみに課せられた仕事のひとつであったのかもしれない。

とはいえ、角之助の頭を占めているのはそのことではなかった。

「お初どののことではありません。たみどのとわたしの……ああ、ここでは話せない。どこかでゆっくり話をすることはできませんか」

往来が少ないとはいえ、道の真ん中で長話をしていてはだれに見咎められるか。

たみは逡巡《しゅんじゅん》したものの、迷いを吹っ切るようにうなずいた。

「明後日の夕刻ならば。お嬢さまは二、三日、ご実家へお帰りになります。わたくしはお送りするだけで先に戻って参りますから……」

このとき、角之助はなにを期待していたのだろう。ただ話をしたかっただけなのか。それだけではないなにかを求めていたのか。十四の少年に訊いても、おそらく答えは得られなかったはずだ。角之助は、たみと一緒にいたかった。二人きりでいたかった。これまでそんなことになるとはおもいもしなかったのに、突然、たみしか見えなくなった。たみも気づいたにちがいない。角之助よりも正確に、角之助が無意識に望んでいることがなにか……。けれどたみはそれを「お嬢さまのため」だとおもいこもうとしたのだろう。角之助が逃げだしたのは、まだ子供で、自信がないゆえに怯《おび》えてしまったからだ……と。自分が手を貸してやれば、角之助とお初は上手くゆくはずだ……と。

「来られますか」

「もちろん。大雨が降っても大風が吹いても必ず」

「お待ちしております」

身をひるがえして小走りに去って行く女を、角之助は上気した顔で見送る。

その夕はあいにく村雨《むらさめ》だった。

こんな日に、しかも夕刻になって出かけてゆくのは、病弱な少年にとって危険きわまりない。しっかりとした庇護者《ひごしゃ》がついていたらなんとしても阻止したはずだが、この日はあいにく三度の飯より酒が好きな郎党しかいなかった。もっとも郎党のせいにすることはできない。なぜなら角之助は、頭が痛いので早々に寝《やす》むから煩《わずら》わしてはならぬと命じ、郎党が酒を呑みはじめたのをたしかめた上でこっそり家を忍び出たからだ。

雨傘を持ちだすと見つかりそうなので、被衣《かつぎ》を頭からかぶって雨の中を駆ける。

「まあ、ずぶ濡れですよ」

角之助を迎え入れたたみは、縁先で少年の細い体を抱きしめた。

「なにがあっても来ると約束しました」

「ええ。でもこのままではお風邪を召されます。濡れたものを脱がないと……」

「脱がせてください」

二人は抱き合い、もつれ合うように襖障子の奥へ倒れこんだ。そこは八畳ほどの座敷で、陽光あふれる縁先越しに見たときは底知れぬ闇の淵《ふち》に見えたが、中へ入ってみると早くも行燈《あんどん》に灯がともされているせいか、ほど良い明るさで、青畳の香も芳しく、居心地の良い空間だった。座敷の中央に夜具が敷かれている。片隅には衣桁《いこう》もあり、枕辺に乱れ箱も用意されていたが、二人がそれらをつかうことはなかった。

たみが角之助の着物を脱がせかけたときにはもう、角之助もたみの着物を剝ぎとろうと躍起になっている。帯を解いたのはどちらだったか。着物を脱ぎ散らかしたまま、二人は抱き合った。

先日は及び腰だった。今はどうか。こんなことをするために来たわけではなかったのに、たみに抱きしめられたとたん、歯止めが利かなくなっている。角之助は、自分が猛々しさをむきだしにしていることに——気弱な自分にもそれができるということに——驚いていた。といっても、先走って空まわりをする少年に手を添え、鎮めたり励ましたりしながら最後まで導いてやったのは、いうまでもなくたみだった。二人は荒い息をつき、疲れ果てた体をぴたりと寄せ合って眠りにつく。

どれくらいそうしていたか。

角之助の額に汗で貼りついている髪をかき上げてやろうとして、たみの指が止まった。少年の顔が燃えるように熱い。

「ああ、お熱が……どうしたら……」

それからの角之助の記憶はあいまいだ。ざわついた気配がしたとおもうや人声や物音が飛びかい、ゆられゆすられ、持ち上げられてまた下ろされて、どこかへ運ばれたような気がする。その間、角之助は闇の中でもがき、息苦しさにのたうちまわっていた。もがいてもがいても、まとわりついてくる闇の中で……。

気がついたときは若林家の別荘の——角之助が仮寓《かぐう》していた寺島村の家の——自分の

床に寝かされていた。

枕辺には、見るからにやつれたたみが、首を垂れて居眠りをしている。わが家とたみ……その組み合わせの意味するところがわからなくて、角之助は当惑している。

「あ、ああ、お気がつかれたのですね。ようございました」

角之助が目を覚ましたと知るや、たみの目の縁に涙がもりあがった。袖でぬぐい、手を伸ばして角之助の額へ置く。

「お熱が下がりました。お父上にお知らせしないと」

「これは、どういう……」

「しッ。今、お話しいたします」

たみは左右を見まわし、声がとどくところにだれもいないのをたしかめた上で、角之助の耳元へ顔を近づけた。

「若君さまは雨の中、道端で倒れていらしたことになっています」

老僕にいい聞かせ、二人で家の中へ運びこんだことにして、老僕を若林家へ知らせに行かせた。当然ながら大騒ぎになった。駕籠《かご》に乗せられて家へ帰ってからも、丸三日、角之助は意識が朦朧《もうろう》としていたという。

「お医師さまは助からぬやもしれぬと……ああ、もしやお目が覚めなかったら、なにもかもわたくしのせい……お百度参りをいたしました。それで神様がお許しに……」

たみは袖で顔をおおって泣いている。

しかし、なぜ、たみがここにいるのか。それはたみの機転の賜物《たまもの》だった。たみが偶然見つけて助けなければ、角之助は雨にうたれて死んでいた。若林家の人々はたみを命の恩人だと信じた。しかも母親ほどの年齢である。よもや二人が逢引きをしていたとはだれもおもわない。「これもなにかのご縁、わたくしに看病をさせてください」と殊勝《しゅしょう》な顔で申し出た女に感謝こそすれ、疑いの目をむける者はいなかった。

「お初どのは……お初どのはご存知なのですか」

「若君さまはお嬢さまに逢いにいらっしゃるところだったと申しました。たいそうお心を痛められて、わたくしのぶんも看病してさしあげるようにと……」

泊まりこむわけではないが、たみはこの三日、看病に通い、帰り道でお百度参りをして、別宅ではお初の面倒をみるという八面六臂《はちめんろっぴ》の働きをしてきたという。ほとんど寝ていないのだろう、目がくぼんで、くちびるの艶も失せている。

「たみどののおかげで死なずにすみました」

「若君さまになにかあれば、わたくしも生きてはいられません」

たみは手のひらで角之助の頰をつつんだ。角之助はその手をつかんで引き寄せる。咳きこんだ角之助の背中をさすってやりながら、

「見られたら、大変ですよ」

と、たみは左右に目を動かし、そっと角之助の指をとりあげて、人差し指の爪をやさしく口に含んだ。

「いいさ、見られたって」

「そうは参りません。お嬢さまならともかく、若君さまがわたくしのような者と……」

「父上に、話す」

「いいえッ。いいえ、なりません。そんなことをしたら、お嬢さまがなんとおもわれるか。わたくしは咎められ、追いだされて、二度とお逢いすることもかないません。どうか、どうかこのことはご内密に」

「いやだ、わたしは……」

いいかけたものの、角之助は次になんといえばよいかわからなかった。たみを死ぬほど好きだ——と、今は切実におもっているが——としても、元服前の若さで病弱で世間も知らず蓄《たくわ》えもない自分に、いったいなにができようか。

角之助の当惑を、たみは端《はな》から予想していたようだ。

「よろしいですか、若君さま、先夜のことはだれにも話してはなりません。これまでどおりお嬢さまに逢いにいらしてくだされば、わたくしもお逢いできます」

「だったらこれからも……約束してくれなければ行かない」

「わかりました。わかりましたから、さ、おとなしくお休みにならないと」

そのときはそれで済んだ。が、少年は堪《こら》え性《しよう》がない。体調が回復してくるとたみの肌が恋しくてたまらなくなった。たみはたみで、透きとおるような肌をした美少年が掌《しよう》中《ちゆう》の珠《たま》のようにおもえるのだろう、求められれば拒めない。

こういうことにはいくらでも知恵がまわるもので、二人は人目を忍んであわただしく肌を合わせるようになった。病が癒《い》えて逢えなくなるのが心配で、角之助の病は一進一退。見舞いにやって来るたびに父は首をかしげる。

「顔色がずいぶんようなったぞ。むこうは弟が生まれた。いつでも帰って来い」

「まだ頭が重いのです。それに、ときおり熱も……」

お初はなんと聞かされていたのか。見舞いの品々をたみに託してきた。諏訪神社のお守りだったり、老僕に買いに行かせたという珍しい菓子だったり、自分で縫ったという襦袢《じゆばん》だったり……連綿《れんめん》とつづった恋文がとどくこともあった。

いつまでもそうしてはいられない。ひと月ほど経って病が癒えると、角之助はたみに勧められるまま、再び小家を訪れ、お初とも逢うようになった。縁先で三人、愉しげに談笑するのはおなじでも、以前とはどこかがちがっている。

角之助ははじめのうち、たみとの関係を知られぬようにと、かえってお初にやさしく接した。気鬱の病を患っていただけあって、お初は少々変わっていて、まったく口を利かないこともあれば、堰《せき》を切ったようにしゃべりまくることもある。角之助を見ると心底うれしそうな顔をして、童女のように抱きついてくることさえあった。めまぐるしい気性の変化は、それはそれで面白く、角之助はいつしか襖障子の奥の座敷へも平気で入りこむようになっていた。その一方でたみの肌にも溺れていたのだから、あのころはどんな悪霊に魅入られていたのか。

英左衛門から意外な話を聞いたのは、そんな自堕落な暮らしが三月ほどつづいた、冬のある日のことだった。

「摂津屋の娘が丑の刻参りをしておるそうだ」

丑の刻参りとは、丑の刻（午前二時ころ）に神社へ出かけ、境内の大木に釘で藁人形を打ちつけて、形代《かたしろ》とした相手を呪い殺す祈禱《きとう》である。

まさか、あの愛らしい娘が、そんな恐ろしいことをするとはおもえない。

「人ちがいだ。お初どのなら昨日も逢うたが、愉しそうに笑っていたぞ」

「いや、彦太郎が見たんだと。他にも見た者がおる。夜中のことで顔は見えなかったそうだが、長い髪を垂らし、着物もお初どののものだったと……」

「信じられん。いったいどやつを呪うというのだ？」

「そこまではわからぬが……そうか、おぬしやもしれぬぞ」

「馬鹿をいうなッ」

「摂津屋の女たちはおぬしに首ったけだそうな。主従で奪い合っておると評判だ」

「やめてくれッ」

「火のないところに煙は立たぬ。それでなくてもおぬしは頼りない。ふらふらして見ておれぬわ。おい、いいかげんにその癖、爪をかむのはやめろ」

「放っといてくれってば」

英左衛門の忠告には耳を貸さなかった角之助だが、やはり気になってしかたがなかった。そうおもってみれば、近ごろ、たみの様子がおかしい。ふっと見ると、おもいつめた目で庭の一点をじっと見つめていることがある。かとおもえば視線を泳がせ、角之助の目をまともに見ないことも。眠れないのか顔色がわるく、目の下がうっすらと黒ずんでいる。

「なにかあったのか。もしや、お初どののことで……」

角之助はたみに問いただした。

たみは答えようとしなかった。が、何度もせっつくと、深いため息と共に秘密の一端を明かした。

「お嬢さまは一途《いちず》なお方です。おもいこんだらあとへは退《ひ》かず……幼いころから変わったところがおありで……普段はおやさしいのですが、ご自分のおもいどおりにいかないと別人のようになられます。実はこちらへいらしたのも……」

お初のお気に入りの手代が上方の本店へやられてしまい、それが原因で気鬱の病が生じたのだという。

「いえ。お嬢さまのせいではありません。ただ、抑えの利かぬご気性ゆえに……わたくしがついていて差し上げないとどうなるか……」

「丑の刻参りをしているとか」

「疑っておられるようです、わたくしたちのことを」

「いっそ、打ち明けてしまってはどうだろう。そのほうがお初どのも……」

角之助がいいかけると、たみの眸《ひとみ》に怯えの色が走った。

「なりませんッ。それだけはおやめください。なにが起こるか……」

お嬢さまのことならなにもかもわかっております、心配はいりません、まかせてくださいと懇願されて、角之助はうなずいた。こうしたときどうすべきか考えつくほど大人ではなかったし、生来、女の気持ちをおもいやることができる男でもない。美童と騒がれ、ちやほやされてきた角之助は、正直なところ、面倒な話となると避けて通ることしか考えなかった。たみがまかせてくれというなら好都合。

お初のことならわかっているとたみはいったが、角之助のことも、角之助以上によくわかっていたにちがいない。苦労知らずのひ弱なお坊ちゃまに相談したところで、どうにもならないと……。

たみはそのあと、なにもいってこなかった。それをよいことに、角之助の足もしばらく主従の家から遠ざかった。たみは恋しかったが、少年の好奇心はふくらむ一方だ。とりわけたみに教えられて目覚めた今は四方八方に目がいくようになったので、英左衛門から「火遊びはいいかげんにしろ」などと叱られる始末。

どのみち新年までひと月と十日ほどで、年が明ければ実家へ帰って、元服の儀にのぞまなければならない。逢えなくなるとおもえば未練もあって……。

行ってみるか――。

美しい主従と過ごした夢のようなひとときをおもいだして腰を上げようとした、まさにそのとき、恐ろしい知らせがとどいた。

三

萩の花の他には、四十年前をおもいださせるものはなにひとつなかった。

もちろんその萩にしても昔の萩ではない。生け垣や庭木と一緒にあの家もろとも焼失してしまったはずだから。

焼死人まで出した火事の焼け跡に家を建てる者はいなかったのか、かつて摂津屋の寮があった一帯は畑地になっていた。摂津屋は火事のあと土地を売却したというから、それからいくつもの変遷を経てきたにちがいない。

角之助は大きく息を吐き、あたりを見まわした。二尺ほどの緑の葉が行儀よく並んでいるのは大根畑だろう。そのとなり、少し丈の高い木々の枝葉の間から紫の花と黒い実がのぞいているのは茄子畑か。絵の中から抜けだしたような主従が縁先で双六に興じていた風流な小家が今や影も形もなくなって、大根や茄子の畑に変貌している景色は、何度目をこすっても現《うつつ》とはおもえなかった。もっとも、あのころの紅顔の美少年が白髪まじりの貧相な老人にすりかわったのだから、これぞ諸行無常《しょぎょうむじょう》という他はない。

わざわざ訪れるまでもなかったと、角之助は苦笑した。英左衛門の話を聞いてつい感傷的になり、思い出にひたろうなどと柄にもなくおもったのだが……。

さて帰るかと今一度あたりを見まわしたとき、茄子畑のむこうの空き地に、人の腰の高さほどの自然石がぽつんと置かれているのが目に入った。なんだろうと近づいてみる。

墓石のようだ。苔《こけ》むしてはいないし、刻まれた文字もくっきりとしているから、建立されたのはここ数年か。それなら畑地の所有者ゆかりの墓だろう。見るともなく眺め、角之助ははっと目をみはった。

麗妙於初信女　行年十五歳　宝暦二年十一月十九日

中央に刻まれている戒名に「初」という字があるだけなら見逃してしまったかもしれない。が、そこに刻まれた日付は、あの、火事のあった日ではないか。

まさか……これは、お初どのの……墓か。

驚くのはまだ早かった。かたわらにもうひとつ、ひとまわり小さな文字で名前と行年が刻まれている。

民女　行年六十八歳　寛政元年三月六日

角之助は息を呑んだ。

これは、どういうことか。そう。あの火事で焼死したのはたみではなかった。お初だった。そして、たみは生き延びた。あれから四十年近くにも及ぶ歳月、どこかでひっそりと生きていたのだ。

だが、それなら、この墓を建てたのはだれだろう。背後へまわりこんでみたが、なにも刻まれてはいなかった。

角之助は一目散に駆けだした。まるで若き日に戻ったかのような敏捷さで。いちばん近場にある農家へ飛びこみ、息を切らして訊ねると、赤子をおぶった女は老武士の取り乱した姿に目を丸くして、かなたに見える畑を指さした。

女の舅《しゅうと》は、畑で草むしりをしていた。こちらへ来るのが武士とわかると、あわてて腰を上げ、菅笠《すげがさ》をとって、首にかけた手拭で顔の汗を拭う。深々と辞儀をした。なにかお咎めでもあるのかと怯えているようだ。

訊きたいことがあるだけだと安心させ、角之助は爪をこすった。

「あそこの墓のことを知りたい。あれは、だれが建てたのだ？」

「へえ。旅のお坊さまにございます」

三年前の寛政元年の夏のことで、ある日突然、雲水《うんすい》がやって来て、墓を建立させてほしいと頼みこんだという。

「みすぼらしいお姿でしたが、たいそうな銭をお持ちで……まあ、畑に支障のないところならばよいかと」

雲水は喜び、夏の間、農家に滞在して墓を建立した。

「たみさまというのがお坊さまのおっ母さんだそうで……。その春に亡くなる際、ご遺言で、なんとしてもここへ墓を建ててほしいと……そのために長いあいだ銭を貯めていたのだそうでございます」

母子がどこで暮らしていたかはわからない。が、死病に冒された母の打ち明け話を聞いた息子は、母を看取《みと》ったのちに商いをたたみ、出家してしまったという。

角之助は言葉を失っていた。

では、たみは、死ぬまでお初にうしろめたさを感じていたのか。いや、詫びていたのだ。罪滅ぼしをしようとした。ということはもしや……。

「そうだッ。ちよという下女がいたッ。このあたりに、ちよという女はおらぬか。年齢は……わしよりいくつか年長ゆえ、今は……」

老僕はとうにこの世にはいないだろうが、下女ならまだ生きているかもしれない。

「へえ。熊蔵《くまぞう》んとこのちよなら、死んでもう何年になるか……。そういえば、ちよから聞いたことがございます。い、いいえ、そのころは作り話だとおもいましたんですが……」

「咎めはせぬ。話してくれ」

「へい。遊び人のお武家さまに……孕《はら》ませられた女が、せっぱつまってあるじを殺《あや》めてしまい、火を付けて逃げたとか……」

「ま、待てッ。今、なんと？」

「身寄りもなく、行く当てもなく、だれに知られるわけにもゆかず、とうとう追いつめられて……ちよは逃してやったそうです。腹の子だけは助けたいとその女に泣きつかれ、納屋に匿《かくま》ってやったとも……なに、ちよは、あることないこという女でしたから」

雲水が墓を建立したとき、ちよは鬼籍に入っていた。二人は会うこともなく、雲水も母の話はそれ以上しなかった。だから農夫も「麗妙於初信女」なる女がちよの話していた「あるじ」ではないかとおもったものの、よけいな口ははさまなかったという。

四十年の歳月を経て、真相にたどりついた。いや、真相にはほど遠い。あの夜、ほんとうはなにがあったのか。お初とたみがいい争いをしていたというのは真か嘘か、丑の刻参りをしていたのはお初か、それともたみか。夜目ならたみがお初のまねをすることは容易《たやす》い。けれどももしそうなら、たみははじめからお初を手にかけるつもりでいたことになる。腹の子のためとはいえ、娘同然のお初にそんなむごいことができようか。縁先で肩を寄せ合っていた女たちの睦まじい光景がまぶたによみがえる……。

いずれにしても、火事の真相を知る者たちがことごとく此岸《しがん》から去ってしまった今は、なにもかも闇の中である。たったひとつたしかなことは、自分に息子がいたことだ。

角之助はせわしく爪をこすった。

農夫が当惑したように角之助の手元を見つめている。

「ゆかりの墓ゆえ、これで……供養をしてやってくれ」

角之助はふところから巾着《きんちゃく》を出して農夫に手渡した。

「へい。い、いえ、これは……こんなにいただくわけには……」

「いいから、あとのことは頼むぞ」

「へ、へいッ」

「今一度、詣でて帰るゆえ、おまえは仕事に戻れ」

農夫に背をむける。

これからはもう、ここへ来ることはないだろうと角之助はおもった。美千代はもとより、英左衛門にこの話をするつもりもない。かつて若気の至り、無分別と薄情から罪を撒き散らした美少年は、昔日の面影など一片もない老人になってしまったのだから。

うるんだ眸の中で、墓石が妖しくゆれる。それは、女たちが笑いさざめいて、角之助を手招いているようにも見えた。

さらやしき

葛飾北斎「百物語　さらやしき」

一

あーたんだーい　たんだーはーだい　たんだーはーてい　たんだーくーしゃーれい

……ううう、寒《さみ》ぃ寒ぃ……たんだーしゅ……。

ふわっくしょんッと大くしゃみをして、鉄蔵《てつぞう》はたれかかった洟《はな》をすすった。

日本橋の馬喰町《ばくろちょう》から外濠《そとぼり》に沿って歩いてきたところだ。船河原橋《ふなかわらばし》を渡って牛込御門《うしごめごもん》へ出る手前の揚場町《あげばちょう》に入ると、武家屋敷のつづく閑静な道からごみごみとした町家の喧噪へ放りこまれる。

と同時に、ぶつぶつ唱えていた法華経の呪文がおのずと大きくなった。往来を行きかう人々からは奇異の目で見られるが、そもそも顔見知りに話しかけられるのが億劫《おっくう》で念仏を唱えているので、鉄蔵は他人の目などものともしない。ついでにいえば、天秤棒《てんびんぼう》を杖がわりにしているのも数年前に患った中風の名残りで足元がおぼつかないからではなく、気に入らない野郎が近寄ってきたら振りまわして追い払おうという魂胆である。幸い家路を急ぐ夕暮れ刻でもあり、この寒さもあって、話しかけてくる物好きはいなかった。

　なにしろ巨体だから人目につく。藍染の縞木綿《しまもめん》はめずらしくもないとして、元の色が判別できないほど褪《あ》せて汚れ、ここまでみすぼらしいのはめったに見ない。しかも上に羽織った柿渋色《かきしぶいろ》の綿入れ半纏《はんてん》ときたら、泥水で何日も煮こんで土埃をまぶしたような代物である。藁紐でくくった白髪はそそけだち、生まれてこのかた一度も洗ったことがないような……。

　びゅうんと北風が吹いて、まともに鉄蔵の顔を叩いた。

　ぶるるッ。うう、永寿堂《えいじゅどう》め、こんな日にゆくことはなかったんだ。どこでくたばろうがてめえらの知ったことかと吐き捨てて、背中を丸める。

　鉄蔵の新居は牛込の揚場町にある。一昨日、四谷《よつや》の御門と大木戸の中間くらいにある於岩稲荷《おいわいなり》にほど近い長安寺《ちょうあんじ》の門前町《もんぜんまち》から引っ越してきたばかりだ。といってもごたいそうな家財道具があるわけではなし、画材に茶碗がひとつふたつ、あとは夜着が一枚にこれだけは欠かせない炬燵《こたつ》と十能《じゅうのう》、いくばくかの炭……といったところだから、近所で借りた荷車にひょいとのっけてガラガラ運べばそれでおしまい。転居の回数はとうに五十を超えていた。が、煩悩《ぼんのう》の数に比べれば、五十や六十の転居なんぞはまだほんの序の口で……。

　おっと、どっちだっけか。

長安寺門前町の借家には数日しかいなかった。四谷や牛込界隈《かいわい》は元来なじみが薄い。鉄蔵の本宅は本所《ほんじょ》の亀沢町《かめざわちょう》で、めったに寄りつかず転居をくり返しているとはいえ、これまでは浅草《あさくさ》か深川《ふかがわ》、せいぜい足をのばしても神田あたりを転々としていた。それをあえて四谷や牛込へ引っ越すことにしたのは心機一転、新たな絵にとりくむためである。このところ富士のお山にとりつかれて風景画ばかり描いていたから、新作にとりかかるためには身のまわりにもそれなりの変化がほしい。いや、実際は紙とにらめっこをしているだけなのでどこに住もうが大差はないのだが、反故紙《ほごがみ》や食い残しがちらかり放題となれば足の踏み場はなし腐臭は充満するしでさすがの鉄蔵も気が滅入る。なにより一絵入魂が信条ゆえ、描き終えて用無しになった絵柄がのぞいている反故紙なんぞが視界の端っこに入ろうものなら、それだけで意気が萎《な》えるというものだ。

牛込界隈は大半が武家屋敷だ。そのあいだにぽかりと浮かんだような揚場町は油や米、酒を売る店をはじめ薬種屋や武具屋、畳屋、扇屋、蠟燭《ろうそく》屋などが軒を並べ、裏店《うらだな》まで武家や寺社の御用達の店が多い。しかもそのまた裏の長屋には、日雇い人夫や渡り徒士《かち》、浪人など、どこの馬の骨とも知れぬ蛮勇どもがひしめいていた。

鉄蔵が浅草や深川を好むのは商いの町だからだ。「おーい、腹減った、大福持ってこーい」と隣家へ声をかければ、「へいよッ」てな具合でだれかが大福を持ってくる。そんな気安さがあった。ところが長安寺門前町では、「ほう、絵師の先生でございましたか」と懐具合を探るような目をされたあげく、もったいぶって折箱に入った菓子がとどく。でなければ「へ、絵師ってぇのは素寒貧《すかんぴん》か」と引き戸を蹴とばされたりもする。銭ならいくらでもくれてやらあ、見た目で人を決めつけるんじゃねえやい……そのたびにそそけた髪を振りたてて嘯《うそぶ》いたものだが、はたして今度の借家はいかがなものか。

「ま、早いとこ、描きあげちまおう」

路地裏には夕餉《ゆうげ》の匂いが残っていた。が、七輪を置きっぱなしにしている家はあっても人の姿はない。鉄蔵は木戸をくぐり、越してきたばかりの長屋の一軒へむかう。

おや、と足を止めたのは、戸口のかたわらに置かれた天水桶の陰でなにかが動いたような気がしたからだ。野犬か野良猫か。

「なんだなんだ、なにかとおもやぁ……」

子供だった。つんつるてんの布子《ぬのこ》に綿入れ姿、ふりわけ髪の女の子が膝を抱えて地べたに座りこんでいる。痩せこけて生気が乏しく今にも消え入りそうに見えるが、顎《あご》を上げて鉄蔵を見返した表情は妙に大人びていて、鉄蔵のうなじを一瞬ざわりとさせた。よく見れば七つ八つの童女のようだ。

「こんなとこにいると凍《こご》えるぞ」

鉄蔵は、あっちへ行けというように天秤棒の先を動かした。

童女は捨てられた猫のような目でじっと鉄蔵を見つめている。怒っているわけでも泣いているわけでも困っているわけでもなさそうだ。絵師だから常人よりは人の表情が読めると自負している鉄蔵だが、童女のまなざしからは喜怒哀楽のかけらを見つけることはできなかった。

「どこの子か知らんが、早《はよ》う家へ帰れ」

童女は動かない。答えない。表情を変えない。

鉄蔵はフンと鼻をならした。長屋の子だろう。叱られておっぽりだされたか。それにしても可愛げのないガキである。

かかわっているヒマはなかった。縁もゆかりもない子供が凍えようが飢えようが正直いってどうでもいい。「勝手にしろ」と吐き捨てて、鉄蔵は家の中へ入った。

引っ越したばかりなので、ちらかりようもまだ目をおおうほどではない。丸めた反故紙や鼻紙も床板や畳をおおいつくすまでの量はないし、団子の甘辛いたれがこびりついた竹串や竹皮からも腐臭は発散していない。

鉄蔵はとっつきの土間に置かれた水桶《みずおけ》から柄杓《ひしやく》で水を飲み、草鞋《わらじ》を脱ぎとばして座敷へ上がった。火打ち箱をとりだして十能に入れた炭に火を点《つ》け、炭火を炬燵へ移す。櫓《やぐら》の上から夜着をかぶせ、両足をつっこんで畳に腹ばいになった。描きかけの紙と硯《すずり》、墨汁を入れておく深皿やら大小さまざまな筆を立てた壺やら絵を描くために必要な画材ひとそろえを手のとどくところへ引き寄せる。

さてと。こいつをどうするか。井戸端《いどばた》にただ突っ立ってるだけじゃ、怖くもなんともねえしなぁ。井戸からひゅーどろどろ……てぇのはいいとして、どうやってゾクッとさせるか。お岩じゃねえからご面相に凝りゃいいてぇもんでもないし……。

ああだこうだと描いては丸め、描いては破る。

そう。鉄蔵が描こうとしているのは怪談「皿屋敷《さらやしき》」の絵だ。『富嶽《ふがく》三十六景』は出足好調で、目下、永寿堂から売り出し中である。下絵を描きあげて八割がた手が離れたとなると、もう頭は次の絵のことで占められていた。景色は飽きた、もっとこう度肝を抜く……大福にかぶりついたときに浮かんだのが百物語だ。江戸っ子は怪談が大好きである。灯を百ともし、一話終えるたびにひとつずつ消していくという趣向がもてはやされている。

そうだ、百物語を絵にするってぇのは……となりゃネタにも困らんし。

音羽《おとわ》の護国寺《ごこくじ》境内で百二十畳敷きの白紙に墨をふくませた藁箒《わらぼうき》を使って大達磨の絵を描いたり、米粒に雀の絵を描いたり、奇人の絵師で通っている鉄蔵だからだれもそうはおもわないだろうが、生来は臆病で生真面目な男である。だからこそ己を鼓舞《こぶ》するために大言壮語する癖があって、「死ぬまでに百回引っ越すぞ」などと喧伝して歩く。今回も百物語と大きく出たのは、ひとつには世間の注目を浴びるためだが、それ以上に、自らに気合を入れるためでもあった。

「よし、決めたッ。血も凍る百物語を描いてやるぞッ」

拳《こぶし》ならぬ絵筆をにぎりしめて雄叫《おたけ》びをあげた鉄蔵である。ふたつみっつと描いてますます熱がこもってきた。入れこみ方が半端でなくなり「四谷怪談」のお岩を描くために於岩稲荷の近所へ引っ越し、今はまた「皿屋敷」の舞台とされる番町《ばんちょう》の近く、牛込御門をへだてた外濠の対岸にある揚場町の長屋へわざわざ転居した。おかげで「お岩さん」は一見しただれもが魂《たまげ》消るほど出色の出来になったから、こちらも勝るとも劣らぬ傑作が仕上がるにちがいない。長安寺門前町の長屋でお岩の怨念が絵にのりうつったとすれば、ここではお菊《きく》の怨霊が必ずや後押しをしてくれるはずだと鉄蔵は信じていた。

「皿屋敷」の怪談は子供のころからいやというほど耳にしている。講釈師の馬場《ばば》文耕《ぶんこう》がそこここで耳にする巷説《こうせつ》を『皿屋舗弁疑録《べんぎろく》』という話にまとめ、それが怪談芝居になったりして一気にひろまったものらしい。『弁疑録』によれば、火付盗賊改《ひつけとうぞくあらため》を任じられていた旗本の青山主膳《あおやましゅぜん》の屋敷にお菊という下女がいて、十枚一組の家宝の皿を一枚割ってしまった。仕置《しお》きに中指を切り落とされ、なおかつ手討ちにされると聞いたお菊は古井戸へ身を投げてしまう。すると井戸からは、いちまーい、にまーい……と九枚まで数をかぞえる恨めしげな女の声が夜な夜な聞こえてきた、というものだ。

青山主膳の屋敷は番町にあったとされている。たしかに武家屋敷が立ち並んでいるのでそのいずれかだろうとは推測できるが、古井戸がどこにあるかは鉄蔵はもとより知る者はいない。

しかしまぁ、古井戸ってぇのはむきだしにしてちゃあ危ねえし、古板でまわりを囲って荒縄をぐるりと……。

寒がりの鉄蔵が、いつのまにか炬燵から這いだして胡坐《あぐら》をかき、紙の上におおいかぶさるような恰好で熱心に筆を走らせている。

人の気配に気づいたのは、喉の渇きを覚えて筆を置いたときだった。

「お、なんだ、まだいやがったか」

さっきの童女である。閉まりきっていない戸口から入ってきたのか、土間に突っ立ってこちらを見つめている。

「勝手に他人《ひと》のウチへ入るんじゃ……」

文句をいいかけたものの、絵に専心しているときは目の前に雷が落ちても聞こえないほどだから、断りをいって入ってきたのに自分が気づかなかっただけかもしれないと鉄蔵はおもいなおした。

「絵が見てぇのか」

童女はこくりとうなずく。

「好きかい、絵が？」

またこっくり。

「こんなんじゃつまらねえだろう……ま、いいか。こっちぃ来な」

鉄蔵は反故紙を押しやって自分のかたわらを空け、手招きをした。おもての暗がりで見たときは死んだ魚のようだった童女の目が、今は好奇心のかたまりに見える。それが自尊心をくすぐった。

鉄蔵はこの男らしくもなく童女の熱意にほだされたのだ。

童女は上がってきた。

かといって厚かましく大手を振って、というのでもない。あたりまえの顔でススと上がり、静かに膝をそろえる。気後《きおく》れをしてもじもじ……などという素振りはまったくなく、きちんと躾《しつ》けられた子供のようだと鉄蔵はおもった。この長屋には武家の奉公人が多いから、商人の子供たちとはどこかちがうのもうなずける。

「ほれ見な。こいつがなんだかわかるか」

紙面を凝視したまま、童女は首を横に振った。

「囲いだ。この中にゃ古井戸がある。井戸……おめえさんも顔や手足を洗うだろう。が、こいつは古ぼけて水も涸《か》れ、いや、いろいろと因縁《いんねん》のある井戸だから、もう使われちゃあいねえんだ。因縁ってぇのはな、ここへ女が……」

鉄蔵はつづけようとした言葉を呑みこんだ。ひょいと横を見る。

布子に綿入れ姿の童女はいかにも稚《いとけな》く、胸も背中も薄っぺらくてそれこそ絵草紙《えぞうし》の中から抜けだして来たような頼りなさだ。さらさらした髪のあいだからのぞく肌は白磁《はくじ》のようになめらかで、膝に束ねた手指も細くて白い。

あどけない童女に怪談話などできようか。

「やっぱし、帰んな。こいつはおっかない絵なんだ。お化け、幽霊、恨めしやーってなやつだから、おめえさんなんざ卒倒《そっとう》しちまわぁ」

童女は髪を振りたてて、キッと鉄蔵を見上げた。

「へいき」

はじめて聞く声は水音のように透きとおっている。

「おめえさんは平気でも、おめえのお父っつぁんに叱られる。お父っつぁんかおっ母さんか知らねえが、だれかいるだろう。だいいち、今夜はもう遅い」

「なら、明日」

「そりゃまあ……しかし子供の見る絵じゃ……」

「へいきだってばッ」

切りつけるような口調に鉄蔵はたじろいだ。この子は見かけよりふたつみっつ年長かもしれない。ふっと娘の顔をおもいだした。鉄蔵の娘の一人、お栄《えい》は絵師で、これがまた父譲りの変人である。人一倍好奇心旺盛で、なんでも見たがる描きたがる。童女のころからお化けなど恐れもしなかったし、今だって嬉々《きき》として枕絵《まくらえ》なんぞ描いている。

「おめえさんがいいなら、ま、好きにするサ」

怖くなったら逃げだすだろう。うるさくなったら追いだせばいい。

許可が出たので、童女は満足したようだった。礼儀正しく挨拶をして土間へ下りる。鉄蔵も一緒に土間へ下りたのは水を飲むためだ。柄杓をとりあげ、水桶の蓋《ふた》を開けようとして、童女がまだそばにいることに気づいた。

「おめえも飲むかい」

柄杓をつきだす。

童女は柄杓には目をむけなかった。じっと水桶を見ている。

「どうした?」

童女は左の中指で水桶を指さした。

水桶などどこの家にもあるから珍しくもないはずだ。水面に虫でも浮いているのか。鉄蔵は眸《ひとみ》を凝らした。が、なにも見えなかった。なおものぞきこむ。薄暗いので判別は不能ながらも、自分の顔らしき影がゆらゆらと映っていた。

「こいつはただの水桶だ。おめえんちにも……」

顔を上げたときにはもう、童女の姿はない。

帰ったんなら、ありがてえや……と鉄蔵は苦笑した。遠くから来たようにはおもえなかった。長屋の子なら、どうせまた井戸端か後架《こうか》で顔を合わせるにちがいない。

そういやぁ、名を訊かなかったっけな。

ふっとおもったものの、子供に気をちらしている場合ではなかったと背筋を伸ばした。

皿屋敷である。お菊である。恨めしや、である。

描きかけの絵のところへ戻り、胡坐をかいて頬をひとつふたつ平手でひっぱたき、紙面の古井戸をためつすがめつする。絵筆をつかんだとたん、あッと声をもらした。

お菊は、さっき描こうとしていたように古井戸のかたわらにたたずんで、恨めしげに中をのぞいているのではない。古井戸の中にいるのだ。ゆらゆらと水面に映ったお菊の顔が――首から上が――ひゅーどろどろーッと伸びてきたら……。

鉄蔵は女の首を描いてみた。長かったり短かったり、右向きだったり正面だったり。顔はどうする、髪はどうする、首はどうする……ああだこうだと試しているうちに夜は更けてゆく。床についたときはあたりが白みかけていた。

二

ほわぁーわと大あくびをしたついでに鼻をもぞもぞさせ、鉄蔵は目玉をぐるりとまわした。

天井には闇《やみ》がよどんでいる。が、座敷の奥の裏庭には陽光があふれていた。猫の額でも荒れ放題でもかまわないからとにかく庭を……と、それだけにこだわって探した借家である。昼日中から行燈《あんどん》の明かりが頼りでは油が切れるたびに仕事を中断しなければならないし、そんなことに気をやっていては傑作はものにできない。

さてと、こうしてはいられんわい。

鉄蔵は夜着をはねのけた。行燈のところまで這ってゆき、描きためた下絵の中から反故にするものとそうでないものを選り分ける。これはとおもう三枚を縁側に並べた。立って眺め座って眺め、身を退《ひ》いて眺める。やはり古井戸からろくろ首のように女の首がにゅーっと出ている絵が面白い。しかし顔はまだ描かれていなかった。お岩は見るも無残に爛《ただ》れた顔、と相場が決まっていた。だがお菊は旗本家に奉公していたのだ。人並み以上の器量だったにちがいない。といっても、ありふれた美女では凄味が出ないし……。

どうしたものかと思案する。すぐにもいくつか描いてみたいところだが、鉄蔵も生身の体だった。厠《かわや》へ行き、井戸端でかたちばかり顔を洗って口をすすぎ、腹の虫が鳴いていたので家へ戻って食い残しのカチカチになった餅を土間に立ったままかじった。面倒なので水で流しこむ。

逸《はや》る心を抑えきれず、草鞋を脱ぎとばして板間へ上がろうとしたところで、鉄蔵はうわっとのけぞった。

縁側に並べた三枚の絵の前に、昨日の童女が座っている。きちんと膝をそろえ、こちらに背をむけて、絵を眺めているようだ。

朝っぱらから……いや、もう日中か。

驚くほどのことではないと鉄蔵は胸を鎮めた。今まで忘れていたものの、童女は明日も来るといったのだ。厠か井戸端にいるとき入ってきたにちがいない。

「やれやれ、まことに来るとはおもわなんだわ」

鉄蔵は夜具を座敷の片隅へ押しやって、そこへ画材をひとそろえ並べた。どかりと胡坐をかく。

「昨夜、おめえさんが帰ってから描いたんだ。どうだ、怖いだろう」

墨を摺《す》りながら返答を待つ。他人に感想を訊くことなど、いつもならあり得なかった。内心では評判が気になっていたとしてもそれを知られるのは沽券《こけん》にかかわるから、あえて気にかけないふりをしている。しかも今、目の前にいるのは近所の子供だった。なんとおもわれようがどうでもいいはずだ。

ところが、なぜだろう。馬鹿馬鹿しいとおもいつつも童女の反応をうかがっている。

童女は薄い肩を左から右へ、また左へ動かした。三枚の絵を見比べているのか。

「いちばん怖いのはどれだ？」

「どれも」

「目鼻を描いてないんじゃ怖くもねえか。なら、どれがいいとおもう？」

童女は一枚を指さした。ろくろ首に横むきの女の顔だ。

「そうか。ウン。ちげえねえ」

鉄蔵はわが意を得たことに胸をなでおろした。もっとも子供と意見が合ったからといって喜んでいてもはじまらない。

筆を動かそうとすると、

「この人、だぁれ?」

鉄蔵に背中をむけたまま、童女は訊いてきた。裏長屋には似つかわしくない、高く澄んだ声である。

「人じゃなくて幽霊だ」

「ユーレイって?」

童女はこちらへ首をむけた。

「幽霊を知らんのか。幽霊ってぇのは死人の魂が成仏できずにさまよい出て……ええと、平たくいやぁ……まったくおんなじってわけじゃねえが、ま、いいか……お化けの仲間だ。お化けはわかるだろう。一つ目小僧とかのっぺらぼうとかろくろ首とか……」

聞いているのかいないのか、童女はウンともスンとも答えない。

「そいつはな、お菊さんってんだ。有名な怪談の主人公、つまり怖ーい話に出てくる武家のお女中で……」

「おキク、さん……」

「ああ。お菊さんはこの近くのおっきなお屋敷で奉公してた。ところが粗相をしちまって……」

「ソソウ？」

「大事な皿を割っちまったんだ。そいでもって折檻《せっかん》されて……大目玉をくらってお手討ちに……成敗されそうに……つまり、ばっさりやられそうになって井戸へとびこんじまったってぇわけだ」

こんな子供になにをくどくど説明しているのか。もとより子供にわかる話ではない。時間の無駄だとおもいながら、それでも熱をこめて説明をしている自分にあきれて、鉄蔵は舌打ちをした。

「ほれ、じゃまだ、どいたどいた」

あっちへ行けと手を振られても、童女はその場を動かなかった。顎を突きだし、おちょぼ口をすぼめるようにして鉄蔵の膝元の紙を眺めている。行燈の明かりで見たときよりも白く冴えて見える顔は、陽光をとりこんで内側から光がにじんでいるようでもあり、その光がかえってまなざしを暗く陰らせているようでもあって、ますます表情が読めない。鉄蔵はしばし童女の顔に見とれた。怖い顔が怖いのではない。暗い目が暗いのではない。杳《よう》として判明しないことがいっそ恐ろしい。人の顔とはそういうものだとふとおもう。

おとなしく見てるぶんにはじゃまにもならんか。

鉄蔵は童女の顔から紙に目をむけた。墨汁の匂いを嗅ぎ、絵筆を手にとればもう、童女のことなど頭から消えている。それでいてあらふしぎ、お菊の横顔に目鼻を描き入れるのに今度は一瞬の逡巡もなく、筆はすべるがごとく快調だった。かつてはそこそこの美女だったお女中が虐《しいた》げられたあげくに見せる表情は、やるせなく疲れ果てて、皿の枚数を数えること以外なにひとつ見ても聞いても考えてもいない憑《つ》かれた女のそれだろう。

ふーっと息をついて目を上げる。童女はおとなしく鉄蔵の手元を見つめていた。

へえ、まだいやがったか。

そのことに鉄蔵は少しばかり驚く。

「おめえさんも妙なガキだなぁ。こんなもん見てたって面白うもなかろうが」

いや待てよ、と、鉄蔵はいったそばから自分の言葉を否定した。お栄は、童女のころから絵筆をにぎっていた。物の形はとらえられなくても、描くことそのものに魅せられていたのだろう。となれば、こんなにも熱心に眺めている子供なら絵師になる素質がそなわっているかもしれない。絵が仕上がったらすぐにも引っ越すつもりでいたが、その前にいっぺんくらい、なにか描かせてみようかと鉄蔵はおもった。

「水を飲んでくるが、おめえさんは？」

鉄蔵はよっこらしょと腰を浮かせる。気を利《き》かせて声をかけたつもりだったが、童女はぎょっとしたように目をみはった。

「ここにゃ水くらいしかねえんだ。腹は？　朝飯は食ったのか」

童女は首を横に振る。

「ウチの者にはいってきたんだろうな。あとで文句をいわれるのはごめんだぞ」

子供をかどわかした、なんぞといいがかりをつけられてはかなわない。道理のわからぬ親はいくらもいる。

「お父っつぁんかおっ母さんか……なんといわれようが知ったこっちゃねえが、ああだこうだとうるさくされちゃあ仕事ができん」

「母ちゃん、に」

「そうかい。ならいいや」

鉄蔵はちらかった板間から土間へ下りた。柄杓で水を飲んでいると、おもてで忙《せわ》しげな足音が聞こえた。家の前まで来て止まる。

戸口から顔をのぞかせたのは、永寿堂の番頭の庄助《しょうすけ》だった。

「へえ、今度はこちらにねえ……次から次へとご苦労さまなこって。おっと、先生。これこれ。富嶽の刷りを見ていただこうとおもいやして……」

富嶽三十六景の刊行はまだはじまったばかりで、絵が完成したからといってすっかり手が離れたわけではない。昨日、わざわざ馬喰町まで居所を知らせに出かけたのも、長安寺門前町へ転居したときは、そのことを黙っていたためにちょっとした騒動になってしまったからだ。

「こいつは昨日、見たやつじゃねえか」

「それが、ここんとこ、ね、色が上手く出ねえと辰吉《たつきち》の親仁《おやじ》が……」

「あいつ、何年やってやがる。こいつはな……」

「あっと先生、その前に……親仁が先生にこれを。こっちまで買いに来なさるんじゃご面倒でござんしょうってんで手前に……」

庄助が試し刷りの絵と一緒にさしだしたのは、大福の入った包みである。鉄蔵は大福に目がない。とりわけ辰吉の工房の近所の大福は大きいだけでなく餡《あん》も豆もたっぷり入っているので大の贔屓《ひいき》だった。

ちょうど腹も空いている。

「おう、そんならちょいと上がってくれ。食いながら見てやる」

「へい。お願い申します」

二人は板間へ上がろうとした。

「おい。おめえもひとつどうだ?」

奥の座敷へ声をかけたところで鉄蔵は目を瞬《またた》いた。童女がいない。

「あれれ、どこへ行きやがったんだ?」

「だれかお客人がおりましたんで……」

「客なんてもんじゃねえや。近所の子供だ」

土間と板間、それにちっぽけな座敷におしるし程度の庭、というだけの造りだから、子供といえども身を隠す場所はない。鉄蔵は「ははぁん」とうなずいた。人見知りのはげしい童女である。見知らぬ男がやって来たのであわてて庭づたいに帰ってしまったのだろう。庭木戸はないが、両隣とのあいだを隔てる板塀は大まかな造りだから、子供がすり抜けたとしてもおかしくない。

「先生のとこに子供のお客とはお珍しいことで……」

庄助はかしげた首をひょいと伸ばした。

「おや、あれは……今度はなんの絵でがんしょ」

「見りゃわかるだろ。皿屋敷に決まってら」

「さ、ら、屋敷……？　あッ、もしや怪談の……」

「見てろ。三十六なんてもんじゃない。こっちは百だ」

庄助はごくりと唾を呑みこんだ。

「でしたらそいつもぜひウチで……」

「おめえんとこは富嶽で手いっぱいだろうが」

「いえいえそんな……なんとでもいたしますからここはぜひとも……」

「おめえの主は業突《ごうつ》くでいけねえや。銭儲けばかし考えてるからガメ八なんぞと呼ばれるんだ」

永寿堂の主人は西村屋与八《にしむらやよはち》という。

「だれもそんな……先生だけでがんすよ。しかし、そうか。だったら四谷の長安寺門前町ではお岩さんを……」

「そういうこと。ウン。やっぱりこいつは美味《うま》いなぁ」

鉄蔵は大福をもぐもぐと頬張っている。一方の庄助は、これまでこの扱いにくい大先生をなだめすかして機嫌をとってきたのに、ここで他の版元に大当たりを奪われたら泣くに泣けない、どうしたものか……と頭をひねりながら、大福に食らいつく襤褸《ぼろ》のかたまりのような絵師を眺めている。

「それにしても皿屋敷とは……なんでまた先生はこんなとこへ引っ越されたのかと、皆、首をかしげてたとこで……」

「ひとつ、どうだ？」

「あ、いえいえ手前はけっこうで。それよりあの皿屋敷がここにあったとは存じませんでした。ちっとも出そうじゃありやせんがねえ……」

庄助は及び腰になりながら家の中を見まわしている。幽霊が出たら一目散に逃げようというのだろう。

「馬鹿。ここじゃない。皿屋敷は番町だ。正確な場所もわからん」

「はあ、さようで……」

「ここへ越してきたのはな、番町の武家屋敷にいちばん近い町だからだ。お菊の実家があったとしてもふしぎはない」

「なるほどなるほど」

庄助は眉間《みけん》にシワを寄せる。

「先生は、お化けを百枚、描くおつもりで？」

「ああ」

「するってぇと、本物のお化けともお会いになるわけで」

百物語では、百本の蠟燭のまわりに集まった人々が一話語るごとに灯芯の火を消してゆく趣向が知られている。最後の蠟燭が消されたときに怪異が起こるといわれていた。そこで通常は、九十九本まできたところで最後の一本を引き抜いて朝を待つ。

庄助は小鼻をうごめかせて、おもわせぶりに膝を寄せてきた。

「近ごろは忙しい世の中でがんしょ。あちらさんも、最後まで、なんてぇ悠長なことはいってはおれねえんでがしょう。ちょいと話しただけでも、出るそうでございますよ」

どこそこで百物語を語る集まりがあった。肝試しである。ところが何野誰兵衛が話し終えたとたん幽霊にとりつかれて気がふれてしまった。帰り道で川に落ちて死んだやつもいるし、朝起きたら一面火の海で……などと、庄助はここぞとばかり、怪談よりよほど怖い話を並べてみせる。

鉄蔵の大福を食う速度がわずかながら遅くなった。

「なにも、百物語を語り尽くそうってんじゃねえんだ。こちとらは絵を描くだけだから……」

「先生。そいつがおもいちがいってぇもんでがすよ。百聞は一見にしかずってね、あちらさんだって聞くより見るほうがずっと早い。で、気に入らないとなりゃ迷わずとりつく。先生は大病から生還したばかりだ、よほど気をつけていただきやせんと、またぞろ、ぶり返すってぇことにも……」

鉄蔵はウッと大福を喉に詰まらせた。拳で胸を叩いて呑みこむ。中風を患っていたときの、あの辛く苦しい日々がにわかによみがえってきた。なにが辛いといって、絵筆をにぎれないことほど辛いことはない。自分から絵をとったらなにが残るのか。

そんな鉄蔵を、庄助は腹の中で舌を出しながら観察している。

「こんなことをおうかがいするのもなんでがんすがね。先生のご先祖さまには、どなたか、この世に怨みを遺したままお亡くなりになったってなお人はござんせんか」

「さあ……おらんだろう」

「それならようがんす。けど、もしやそんなお人がおられるんなら、お描きになる前に、よくよくご供養をなさいませんと……」

「そんなことは百も承知だ」

いい返したものの、鉄蔵は浮かぬ顔である。

このくらい脅しておけばいいだろう。百枚もつづくまいと肚《はら》の内でうなずいた庄助は、

「肝心なことを忘れていました」といって試し刷りの色に話を戻した。

鉄蔵は上の空で耳をかたむける。

「どうでがんしょ？」

「わかった。まかせる」

「へいッ。ありがとさんで。それではこれを。ガメ八……じゃなかった、ウチの旦那からとりあえずのぶんを預かって参りやした」

庄助はふところから金子《きんす》が入った包みをとりだした。

「そのへんに置いてゆけ」

「へい。それでは手前はこれで」

庄助は帰ってゆく。

鉄蔵は見送ろうともしなかった。腕組みをしたまま、じっと目を閉じている。

触《さわ》らぬ神に祟《たた》りなし、ということだし――。

墓参くらいはしておくか。

庄助には「おらんだろう」と返事をしたものの、鉄蔵には気になることがあった。

三

夕暮れにはまだ少し間があるから、急げば暗くなる前に帰って来られそうだ。

鉄蔵は家を出た。

行先は万昌院《ばんしょういん》、ここにゆかりの墓所があることは子供のころから知っていた。これまでも何度か墓参をしている。ところが今回、おなじ牛込へ越してきたというのに、絵のことで頭がいっぱいで墓のことなどけろりと忘れていた。庄助が訪ねて来なければ、墓参をしようなどとはおもいつきもしなかったろう。

庄助の話を聞いて怖くなった……とはおもいたくなかったが、こんなに近くにいて知らん顔をしていては墓の中のご先祖さまが機嫌を損ねかねない。そう考えるだけの思慮《しりょ》分別《ふんべつ》は、世の常識から逸脱している鉄蔵といえども持ちあわせていた。

墓の主は、この世に怨みを遺しているにちがいない。母や祖母から聞いた話や世に喧伝されている噂を重ね合わせれば、それだけはまちがいなかった。

陽射しがあるのでさほど寒さは感じない。が、前方の空に黒い雲のかたまりがあった。今夜は雨になるかもしれない。

やはり杖代わりに天秤棒を持って来るんだったと悔やみながら軽子坂《かるこざか》を上がっている

と、後ろから「絵師の爺ちゃん」と呼ぶ声がした。あの童女である。

「まぁたおめえか。さっきはどこへ行っちまったかとおもったぞ」

童女は黙ってあとをついてくる。

勝手にしろと鼻を鳴らし、放っておくことにした。ところが坂を上りきってもまだ引き返す素振りがない。鉄蔵はしかたなく足を止めた。

「墓参りにゆくんだ。ついて来たってしかたねえだろう。帰りな」

童女は首を横に振る。それにしても奇妙な子供になつかれたものである。

「いいか。知らない男について行っちゃならねえ。そんなことも教わらなかったのか。人さらいだったらどうする？」

「人さらいって？」

「わるいやつのことだ。とにかく、親を心配させるな。帰れ」

童女はまたもや首を横に振る。

「おっ母さんがいるといったっけな。今ごろ心配してるぞ」

「へいき」

そうか。この子の母親は働いているのかもしれない。子供を放っておくと危ないぞといってやりたい気もしたが、働かなければ食えない者にそんな差し出口は無用だろう。自分にしたってお栄や他の子供たちがどこでなにをしていようが気にかけたことなどなかったのだから。

「好きにしろ。だが墓参りにゆくだけだから遊んでるヒマはない。わかったな」

童女がうなずいたので、二人は並んで歩きはじめた。

「そうだ。そういや、おめえさんの名を聞いてなかったな。なんて名だ？」

「千《せん》。千日参《せんにちまい》りの千だって。千日参りってなに？」

「千日つづけて寺参りをすることだ。そうすりゃ功徳《くどく》があるってんだが、いくらなんでも千日はきつい。で、特別な日があって、その日に詣でりゃ千日参りをしたことになる。浅草寺は、たしか七月の……」

訊ねておきながら、童女はもうそっぽをむいている。なにかを探しているのか、それともこうして町を歩くのが珍しいのか、あたりを見まわしていた。

「千って名の姫さんがいたっけな。待てよ。『弁疑録』にも出てきたような……皿屋敷のあった場所には昔、千姫さまの屋敷が……いや、あれは怪談芝居だったか。もういっぺん読みなおしてみないといけねえな」

ぶつぶつつぶやいていると、童女が袖を引っぱった。二人は無量寺《むりようじ》の門前に来ている。寺のとなりが八幡宮《はちまんぐう》で、八幡宮のむかいが万昌院である。

八幡宮の門前には、年の市にはまだ早いので破魔矢《はまや》や鏡餅こそないものの、花や線香、絵馬、火箸や箒《ほうき》、ちりとりや三方《さんぼう》など様々な日用品を売る店が出ていた。童女が指さしたのは金物類を並べている店の親仁である。

「あいつが首にかけてるやつか。あれはサシってんだ。百文だの四百文だの、ほれ、穴の開いてる銭がバラバラにならんように通しておく……な、蛇腹《じゃばら》みたいだろう」

蛇腹、といったとたん、鉄蔵は眉を寄せた。蛇腹、ろくろ首、お菊……なにか名案をおもいついたような気がしたが、喧噪の中なのでつかめそうでつかめない。

香華《こうげ》を買って、二人は万昌院の門をくぐった。

「ここにおっ母さんの祖父さんの墓がある。さる屋敷へ奉公してたんだがよ、そのせいで酷《ひど》い死に方をした。それればかりか、後々まで笑い者にされたんだ。彼岸でもさぞや無念の歯ぎしりをしてるこったろう」

童女は話を嚙《か》みくだこうとでもするように鉄蔵の顔を見つめている。

話したところでわかるまいと鉄蔵はおもった。だいいち、曾祖父の死にいたるいきさつを語りだしたら壮大な話になって、それだけで日が暮れてしまいそうだ。

「墓はあっちだ。まず閼伽桶《あかおけ》に水を汲んで、と。ええと、井戸はどっちだっけか」

お、あそこだと指さすと、童女はぎょっとしたように身を固くした。うながしても動こうとしない。

「いったいどうしたってんだ？」

勝手について来たのだから義理はないが、長屋の子供である。放っておいて迷子になってはあとあと厄介だ。

「ここにいろ。動くなよ」

よくよくいい聞かせて香華を持たせ、その場に残したまま鉄蔵はひとっ走り、といきたいところだが痛みだした足を引きずって井戸端へ行き、閼伽桶を借りて水を汲んだ。

童女は所在なげな顔で待っていた。閼伽桶の中でゆれる水を見るといくぶん身を退き、反対の右側へまわりこんで、あたりまえのように鉄蔵の節くれだった手をつかむ。今度は鉄蔵が身を固くする番だった。頑固で偏屈な老人が、出会って間もない近所の童女と手をつないで寺の境内を歩くとは前代未聞……。永寿堂のガメ八や庄助が見たら、鉄蔵はいよいよ呆《ほ》けてしまったかと顔を見合わせるにちがいない。

童女の手は冷たかった。骨がないように柔らかく、重さがないように軽い。それは老人のごつごつしたシワだらけの手に――いや、その手を通して乾ききった胸の奥にまでも――澄み切った清水を流しこんでくれるような、そんな感じがした。

墓所はひっそりとして人影がない。

「墓参に来る者もおらんようだ」

苔むした墓石を清めて香華をたむけた。童女は少し離れたところからじっと見つめている。手招いてもそばに来ようとはせず、並んで合掌をすることもなかった。

まだほんの子供だ、死の意味さえわかるまい。

鉄蔵は墓に名を刻まれた男の生涯にしばしおもいを馳せた。曾祖父はどうして無念の死を遂げたのか。それはどのようなものだったのか。これから百物語の絵を描くつもりだが「怨みを忘れて成仏してくれ、出てくるなよ」と曾祖父に祈った。

「さてと、せっかく来たんだ。帰る前にもうひとつ、拝んでゆくか」

鉄蔵が次にむかったのは、由緒ありげな宝篋印塔《ほうきょういんとう》の墓だった。まわりに竹囲いがされている。

「おっ母さんが子供のころは、墓参に来るたびに、墓石が心ないやつらに倒されておったそうだが……」

今も変わらないのか。それで囲いをしているのだろう。

複雑な胸を鎮めて手を合わせていると、童女が「これ、だれの？」と訊いてきた。唐突だったので鉄蔵は目を瞬く。

「吉良《きら》上野介《こうずけのすけ》ってぇ殿さまの墓だ。気の毒に、寝てるとこをいきなり四十七人もの暴徒に襲われて首をとられちまった。まったく、恐ろしい話じゃねえか」

「クビ？」

「うむ。バッサリ。でもってウチの先祖も、小林平八郎《こばやしへいはちろう》ってんだが、家老だったから一蓮托生、お殿さまをお守りして戦って殺《や》られちまったってわけだ」

どうせわかりはしないだろうとおもったが、かといって、いいかげんにごまかす気にもならなかった。曾祖父とは会ったこともないし、話自体があまりに人口に膾炙《かいしゃ》しすぎているので、現実味は乏しい。それでもこの話をはじめると、なにか怒りや口惜しさのようなものが胸の奥からふつふつと湧いてくる。たまたま授かった絵師の才を見せつけるだけでは満足できず、傍若無人なふるまいをして世を驚かしたくなるのは、死んでもなお憎悪と侮蔑の礫《つぶて》をあびつづけた曾祖父の無念が自分の血脈に引きつがれているからかもしれない。

童女は、といえば、別のことに気をとられているようだった。夕方のにわかに陰ってきた空の下で、双眸《そうぼう》だけが玉虫色の光を放っている。はじめて見る目の色だ。

「爺ちゃんは……お侍《さむらい》？」

おもいがけない問いだった。童女の口から「侍」という言葉が出たことに、鉄蔵は面食らう。とはいえ「お侍」といわれてわるい気はしなかった。口には出さぬものの、世が世なら武士だったかもしれないとおもうのは、鉄蔵の自尊心をくすぐる。

「侍とはいえんな。見ろ。腰の物もないし、こんな襤褸ずくめの侍はおらんだろう。しかし……いや、待てよ。侍の血を引いてるってのはほんとうだ。そうよ、絵師は絵師でもこの、この爺の胸ン中は侍だ。骨の髄は侍だ。そういう意味じゃ、ヘン、そんじょそこいらの侍よりずっと、侍かもしれねえな」

少しばかりいい気になりすぎたか。童女は、考えをめぐらせているようだった。眸《ひとみ》が忙しく動いている。妙に大人びて見える反面、稚くも見えて、鉄蔵は童女がまた自分の与《あず》り知《か》らぬ遥かかなたへ行ってしまったような気がした。

「降ってきそうだ、帰るぞ」

ひょいと手をつなごうとしたのは、さっき童女のほうからつないできたのを覚えていたからだ。つかもうとしたとたん、童女は手を引っこめた。が、その前に鉄蔵はあッと声をもらした。童女の右手の中指がない。いや、まさか、そんなはずは……。

見まちがいだ。

さっきつないだ手とはちがう手だった。だとしても、昨夜も今日の昼間も見ている。中指がなかったら気づいたはずだ。さっきまであったものが突然消えるなど、あろうはずもない。

鉄蔵は平手でつるんと顔を撫《な》でた。

「待ってろ。閼伽桶を置いてくる」

童女をその場に残し、重い足を引きずって井戸端へむかう。閼伽桶を元の場所へ戻して水を飲もうと釣瓶《つるべ》をたぐったときだった。水面がゆれた。なにか映っている。なんだろうと身を乗りだしたとたん、背中をぐいと強い力で押された。押されたような気がした。

鉄蔵はうわっと叫んで釣瓶にしがみついた。足をふんばり、背中を突っ張ってかろうじて異様な力を押しのけ、井戸からとびのく。後ろを見ると、いつのまにやって来たのか、童女が立っていた。

「い、今だれか……い、いや……」

いくらなんでも、童女がそのかぼそい両手で鉄蔵の背中を押したとはおもえない。たとえ押したところで、あれほどの力が出るはずもなかった。

鉄蔵は唾を呑みこんだ。

「どうも妙な案配だ。病がぶり返したのかもしれんな」

先に立って寺門へむかう。門を出たとき、ぽつりと雨が降ってきた。あたりはもう黒い雲におおわれている。

「急ごう……といっても、この足では這うようなものだが……」

鉄蔵が顔をしかめるのを見て、童女は来たときと反対の方角を指さした。

「すぐ、そこ、母ちゃんが」

鉄蔵は一瞬、なんのことかわからなかった。「え?」と訊き返したところで、そうかとおもいつく。童女の母親はこの近くの店で働いているのだろう。大雨になる前に子供を母親に託すほうがいいかもしれない。もし働いているのが茶店かなにかなら、しばらく雨宿りをしてもいい。足の重さに加え、さっき不自然に突っ張ったので背中にも鈍痛があった。杖なしで軽子坂を下りるのはおぼつかない。

さらにいえば、童女の母親への関心も芽生えはじめていた。日雇いや棒手振《ぼてふ》りの娘とはおもえない。医者か学者かそれとも浪人者の娘か、町家生まれなら武家で奉公をしていたということも……。

「よし。案内してくれ」

鉄蔵がいうと童女はうなずき、右側へまわりこんでまた自分から手をつないできた。指が五本あるので鉄蔵は安堵《あんど》する。

「どっちだ？」

「あっち」

「まだか」

「もう少し」

すぐそこだといったはずが、いっこうにたどりつかない。雨は本降りになっている。遠雷も聞こえてきた。

「なんだ、右も左も武家屋敷ばかりではないか」

「あの角の先」

「おっと、土砂降りになってきやがった。おい、寒くないか」

「へいき」

二人ともずぶぬれだった。ときおり稲光が空を裂き、すさまじい雷鳴が聞こえる。それなのに童女は怖がりもせず、歩みをゆるめもしなかった。先に立って歩き、鉄蔵が足を引きずり腰をさすって立ち往生していると、振り返って「早う早う」と手招きをする。

「待て。待ってくれ。いったい、どこまで、ゆくつもりだ」

子供がこんなに遠い道を覚えているはずがない。さては、からかわれたか。それともこの子供はどこかおかしいのかもしれない。子供のいうなりになった自分に腹が立ったが、かといって、いまさらどうなるものでもなかった。腹立ちまぎれに童女を叱りつけようにも雨音と雷鳴にかき消され、おまけに息もあがっているので声を出すのもひと苦労だ。勝手にしろ、凍えようが人さらいにさらわれようが知ったことか……と、ひとりごちる。

「もう、もう、たくさんだ。独りで帰るぞ」

いってみたものの、ここがどこかすらわからなくては帰りようがない。水煙に目を凝らして見る街並みは相変わらず似たような武家屋敷ばかりで、門扉は閉ざされ、人影もない。

「だめだ。歩けん」

膝をつきそうになったときだ。耳元で童女の声がした。

「ここ」

声と同時にかたわらの冠木門《かぶきもん》がギギーッときしむような音をたてて開いた。「こっちこっち」と歌うようにいいながら、童女は鉄蔵を門の中へ誘《いざな》おうとする。

体中が痛くてたまらなかった。ぬれそぼってぺたりと貼りついた布子のせいで凍えそうである。このまま道端に倒れて凍え死ぬくらいなら、中へ入って助けを求めるほうが賢明だろう。

そう判断して、鉄蔵は童女のあとを追いかけようとした。

そのとき、稲妻が光った。閃光がおいでおいでをする童女の白い手をくっきりと照らしだす。中指のない小さな右手を――。

鉄蔵はのけぞった。頭が真っ白になった。絶叫したかもしれないが記憶にない。尻餅をつきそうになりながらもかろうじてこらえることができたのは、この世の者ならぬなにかが力を貸してくれたからにちがいない。聞き覚えのない男の声に「逃げろッ」といわれたような気がした。中風を患ったことのある老人が火事場の馬鹿力を発揮して駆けだすことができたのも、その声のおかげか。

鉄蔵は逃げだした。背後からぴたぴたと足音が追いかけてきた。童女か母親か、千かお菊か、鬼か幽霊か……考える暇はない。ただ死にもの狂いで坂を下る。

うなじに熱い息が吹きかかった。いちまーい、にまーい……と女の声が聞こえたような気がした。動転のあまりの空耳か。声とともに瀬戸物をひきずるようなガチャンガチャンと耳障りな音も……。命運尽きた、とおもったそのとき、呪文が口をついて出た。

「たんだーはーだい、たんだーはーてい、たんだーくーしゃーれい……」

無意識に唱えている。

四

「おう、お気がつかれましたか」

永寿堂の主、西村屋与八の団子鼻が目の上にあった。

鉄蔵はしゃっくりをする。

「な、なんでガメ……じゃない旦那がここに？　富嶽がまたなにか……」

「そうではござんせん」と、今度は庄助が横から平べったい顔をつきだした。「先生が担《かつ》ぎこまれたという知らせをもらったんで、旦那さんといっしょにすっ飛んで来たってなわけで」

「担ぎこまれた？」

「はい。昨晩、雨の中で倒れておられたそうです。近所のお武家さまの門番がご親切にも屋敷へ運びこんで看病をしてくだすったそうで。今朝になって、これはあの有名な北《ほく》斎《さい》先生ではないかと……で、わざわざあちこち聞き合わせ、駕籠《かご》を仕立てて、こちらへお送りくださったのでございます」

大家の長右衛門の名前どおりの長い顔が、平べったい顔のむこうで安堵の笑みを浮かべている。

三人が枕辺で膝をそろえているとは、よほどのことだろうと鉄蔵はおもった。霧がかったような頭の中がだんだんに明るくなってくる。

そういえば、万昌院へ曾祖父の墓参に出かけた。あたりが暗くなって雨が降りだし、帰ろうとしたら道に迷って……。

「しかし先生は運がお強い」

「まったくでがんす。あの雨の中、凍え死んでもふしぎはござんせん。それがこうして何事もなく……くっくく、ようがんしたようがんした」

「なにを泣いてやがる？　富嶽が無事、世に出るまでは、くたばってもらっては困りますよ」

「旦那さん、そんなことをおっしゃるからガメ……いえ、先生、手代を知らせにやりましたから、ご本宅からもそろそろおいでになるころかと……」

「永寿堂さん。お武家さまへのお礼はどういたしましょう？」

「ウチは富嶽、今度のことはかかわりがありません」

三人とも勝手なことをいっている。

「先生にはもうしばらく休んでもらったほうがよろしいかと……まだ寝ぼけたお顔をし

ておられます。ささ、お二人とも……」

大家にうながされて、与八と庄助も腰を上げた。

三人が出てゆくのをぼんやり眺めていた鉄蔵は、はっとおもいつき、大家を呼び止めた。長右衛門だけが戻ってくる。

「倒れていたといったが、いったいどこに倒れてたんだ？」

「へい。帯坂《おびざか》だそうで」

「帯坂ッ」

揚場町は牛込御門の北にある。御門を越えて南西へ進めば次が市ヶ谷《いちがや》御門、帯坂はこの市ヶ谷御門に架かる橋を渡って外濠の内側へ入ったすぐのところにあった。帯坂のある番町は武家屋敷だらけだ。

帯坂と聞いて鉄蔵が目をみはったのは、そんなところへ迷いこんでしまったのか、という驚きだけではなかった。

帯坂は「皿屋敷」の巷説の中に出て来る。皿を割って手討ちにされそうになったお菊がほどけかけた帯を引きずりながら駆け下りたという坂だ。鉄蔵の眼裏《まなうら》に、髪を振り乱して蠟のように蒼《あお》ざめた女が蛇腹さながら皿をつけた帯を引きずって、よろめきまろびつつ坂を下る幻が浮かんだ。

「大家ッ」

「はい」

「この長屋に、千という子供はおらんか。母と住んでいるらしいが……」

「おりません」

答えた長右衛門の顔が見る見る蒼ざめる。

「近所には？」

「いえ。それより……」

「知っておるのか、その子供」

「いえ。はい。先生は、その子供に、お会いになんなすったんで？」

「会った。昨日もいっしょにいた」

長右衛門は目を泳がせ、深々とため息をついた。

「やっぱり、か」

「やっぱり？　どういうことだ？」

「やっぱり、出たか、と」

「出た、だと？」

「先生は絵師で、お武家さまではないので大丈夫かと……」

ここに住んでいた浪人と武家奉公の渡り徒士が、いずれも不審死を遂げた。童女と手をつないで歩いているところを見た者がいて、素性を調べたもののどこの子供かわからなかったので「皿屋敷のお菊」にかかわる祟りではないかと噂が流れた。

「武家奉公に出る前、お菊がこの借家に住んでいたという話がございます。実際は皿を割ったからではなく、お武家さまのお胤《たね》を孕《はら》んでいたために殺《あや》められたとも……。まあ、大昔のことですし、あのテの話はどこにもころがっておりますから真偽のほどは……」

武家にかかわる者以外は、なんのこともなく無事に暮らしていたと聞いて、鉄蔵は顔をゆがめた。自分の中に武士の血が流れていることを喜ぶべきか愁《うれ》うべきか、今となっては複雑な心境である。

少なくともこの話、庄助には内緒にしなければ、と鉄蔵はおもった。

「妙ですなあ、なぜ、絵師の先生にとりついたのか……」

長右衛門はまだ首をかしげている。

「百物語のせいだろう。早いとこ描きあげて退散しねえと」

庄助の手前悔しいが、百物語は中止したほうがいいかもしれない。二度と昨日のような恐ろしいおもいはごめんだった。

それはそれとして——。

大家が出ていったとたん、鉄蔵は跳び起きた。胸が高鳴り、一刻もじっとしてはいられない。夜具を押しやり、画材ひとそろいを庭に面した明るい場所へ並べて、その前に胡坐をかく。墨をふくませた筆を手にしたときはもう絵のこと以外、すべてを忘れていた。

お菊の魂がのりうつる。

一気呵成《いっきかせい》、鉄蔵は『さらやしき』を描き上げた。

深く忍恋

喜多川歌麿「深く忍恋」

一

「へい。仕上がりやした」

安吉《やすきち》から長煙管《ながぎせる》をうけとって、おりきは早春の陽射しにかざしてみた。

鬢《びん》は燈籠《とうろう》、髷《まげ》は源八《げんぱち》の島田《しまだ》に結ったつややかな髪、白い肌には一点のしみもない。首をかたむけた仕草の婀娜《あだ》っぽさと、相反する頬からおちょぼ口へかけての初々しさに、安吉は小鼻をふくらませ、今日もまた狐につままれたような面持ちで見惚れている。

女将《おかみ》さんはたしか二十代の後半じゃなかったかと、胸中で指を折っているのだろう。

「いかがでござんしょう」

「いいねえ。色がいい。持った具合も、ウン、これなら上等だ」

おりきはうなずいた。

「そりゃ、なんてったって、女将さんにつかっていただくとなりゃ腕によりをかけて……しかしなんですな、その口で吸うてもらうとは、『もしも生まれ変わるなら、ア、一度はなりたや長煙管』ってね」

「相変わらず調子がいいったら」

洲崎《すさき》の船宿の小座敷に、小気味のいい笑い声が流れる。

おりきが長煙管を手放せなくなったのはいつからか。吸うでもなく、吸わぬでもなく、親指と人差し指のあいだに細身の羅宇《らう》がおさまっているだけで心が落ち着く。ちょんと吸口をくちびるにつけて物憂げに目をふせたりしようものなら、世の男子どもがやれ「吉祥天女《きつしようてんによ》の再来」だの「高尾太夫《たかおだゆう》の生まれ変わり」だのと騒ぐのはわかっていたけれど、おりきは別に男の気をひくために長煙管を愛玩しているわけではなかった。

羅宇とは長煙管の竹でできた柄の部分のことで、脂《やに》でべたついてきたらとりかえる。月に一度は安吉が羅宇のすげかえにやって来る。おりきの場合はたいして脂だらけになるでなし、そうそうひんぱんにかえることもないのだが、安吉は仕事柄、界隈の噂話に通じているので、広げた大風呂敷を半分にしたところで聞いておいて損はないと、気前よくすげかえを頼むついでに最新の噂話を仕入れているのだった。

「この前ここでばったり会って、おかげで口止め料の心づけをいただいちまった……ほれ、ええと、木場《きば》の材木問屋の……」

「ああ、紀州屋《きしゆうや》のお内儀《ないぎ》」

「それそれ。あそこは山火事でここんとこ材木が入らねえそうで、どうも危ないんじゃねえかと……」

「おやまあ。そういや、近ごろ旦那の顔を見ませんねえ」

「でしょ。お内儀だって遊んでる場合じゃござんせんよ」

おりきは紀州屋の主人の、真面目に目鼻をつけたような顔をおもい浮かべた。女房の浮気にどこまで気づいているのか。もっとも今はそれどころではなさそうだ。

「ひところはあんなに羽ぶりがよかったのにねえ」

「盛者必衰《じょうしゃひっすい》、いいことばかしはつづきやせん」

安吉はしたり顔でいう。ふんふんと聞き流しながら、おりきもおなじことをおもっていた。なんとまあ、有為転変《ういてんぺん》めまぐるしいわが身か……と。

「そうそう。米松屋《よねまつや》の幸右衛門《こうえもん》、とうとう勘当されたそうで」

「そんなこったろうとおもいましたよ。あの遊びっぷりじゃ、身代かたむかないほうがおかしいもの」

「さいでがんす。あいつは女将さんに首ったけだったとか」

「端《はな》からお断り。近ごろは吉原《よしわら》に入りびたってると聞きましたよ」

「女将さんにフラれたんで宗旨変えをしたんでしょう。女将さんほど身の固いお人はいねえ。こんな生業《なりわい》なのに男の影もないとは……それこそお江戸の七不思議だ」

「わるかったねえ、こんな生業で」

船宿をはじめてまだ二年にも満たないが、人目を忍んで逢い引きをする人間はあとを絶たない。おかげでそこそこ繁盛している。

話しているところへ、小女のふみが麦湯を運んできた。おりきが養女分として躾けているふみは十三になったばかりで、出会ったときは捨て子同然だった。

麦湯を美味そうに呑み干し、安吉は腰を浮かせた。

「さてと、いつまでも油を売っちゃいられねえや。ととと、肝心なことを聞き忘れた。ここにも出入りしてる若い船頭の、ええと、冨次《とみじ》とかいったっけか、あいつはたしか浅《あさ》草《くさ》の聖天《しょうでん》さまの近所で生まれ育ったんじゃ？」

「それが、どうかしましたか」

「お武家さまが捜してたそうで」

「またなにか、しでかしたのかい、まったくあいつときたら……」

おりきは眉をひそめた。が、そうではなかった。

「昔のことでなんちゃらかんちゃら……詳しいことはわからねえが、聖天さまの脇の水茶屋にいた評判の看板娘がかかわってるとか……。おっと、まさか、女将さんがその看板娘ってぇことは……ま、そいつはないか。たいそうな別嬪《べっぴん》だったが、早死にしてしまったってぇから」

おりきはどきりとした。

おりきの父親は浅草の聖天社の脇で水茶屋を営んでいた。葦簀《よしず》掛けのささやかな見世《みせ》ながらも、寺社詣での人々でにぎわい、とりわけ甲斐甲斐しく働く愛くるしい娘が評判だった。娘の笑顔を見ようと通ってくる客も数知れず。

もっとも十余年前のおりきはまだ十代半ばの初心《うぶ》な娘で、名もおさいだった。おさいちゃんおさいちゃんとみなから可愛がられたものである。

「そのお武家さまとやらは、なんで富次を捜してるんでしょう」

「看板娘が死んじまったのを知らず、富次に訊けば居所がわかるとおもってるんじゃありやせんか。ちげえねえや。久々に江戸へ出て来て会いたくなった、好いて好かれる仲だったってことも……」

あのころはそう、毎日のようにいい寄られた。中には武士もいた。侍妾《じしょう》にして国許へ連れ帰りたい……などと血迷い言をいう者さえいたくらいだから、久々に江戸へ出て来ただれかが当時をなつかしんで消息をたずねることも、ないとはいえない。

だけど……もしも……万にひとつ、あのお人だったら――。

おりきは苦笑した。ありっこない。ありえない。なぜならあのお人も、おさいは死んでしまったとおもっているはずだから。

「安吉さんはなんでまた、そんな話を？」

「へい。あっしのお得意んとこの手代に、聖天さまの近くで生まれたやつがおります」

安吉が羅宇のすげかえにまわるのは深川《ふかがわ》から洲崎あたりまでだが、道で富次とばったり会って挨拶をしていたところを見た者が、たまたま浅草生まれの手代だった。昔の水茶屋の看板娘の話も、安吉はその手代から聞いたという。

「気の毒に、親父さんが寝込んじまったのをきっかけに茶屋をたたみ……娘は嫁にいったか囲われたか、しばらくはお大尽の世話になってたようですがね、親父さんを看取ったあと、大川《おおかわ》へ身投げしちまったそうで……」

得々《とくとく》としゃべる安吉が鬱陶《うっとう》しくなって、おりきはおもむろに煙管を吸いつけた。

「水茶屋の娘はともかく、女将さんはいったいどちらのお生まれで？　この洲崎へいきなりわいて出たように現れたってんで、みんなふしぎがっておりやすよ」

「フフフ、そのとおり。あたしはね、わいて出たんです、にょっきりと」

もとより身の上話をする気はなかった。水茶屋の看板娘だったことは口が裂けてもいえない。死んだことになっているのだから。看板娘のおさいが船宿の女将おりきになったいきさつ、それまでの流転の日々について多少なりと知っているのは、冨次ただ一人だ。

「お武家さまが捜してたって話は冨次に伝えておきますよ。で、そのお武家さまってのは、どんなお人だったんですか」

「年齢は三十がらみ、上背のある……といっても大兵《だいひょう》というほどではなかったそうで……身なりはこざっぱりしているものの上物とはいえず……口数は少ないが礼儀正しく、言葉づかいもていねいだったそうで……」

「それだけじゃ、なんともねえ」

「そうだ、ちょいとめずらしい鐔《つば》の長剣をさしてたそうで」

「鐔……」

「へい。牛を曳《ひ》く童の絵が浮き彫りになった細工物とか」

おりきは鳩尾《みぞおち》に手を当てた。

眼裏《まなうら》に十年前の場面が浮かび上がる。

〈あら、愛らしい……ずいぶん凝った模様ですね〉

〈土屋《つちや》安親《やすちか》という名工の作だと聞いている。わが家に代々伝わるものだ〉

〈幸せな童だこと〉

〈うむ。これだけ見事な牛なら、世話のし甲斐もあろうな〉

そうではない、いつもいっしょにいられるから幸せだといったのだ。そう説明しようとしたけれど、結局はうなずいただけだった。刀の鐔に描かれた童のように腰に差されていれば、どこへでもいっしょにゆける――。

「さてと、あっしはそろそろ帰らねえと。こんなことしてたんじゃ、おまんまが食えやせん」

「冨次なら心当たりはあるかもしれないね。それとなく訊いてみますよ」

安吉は「へい」と頭をぺこりと下げ、両手で両膝を叩くと、道具箱ひとつ担いで帰ってゆく。

「おっ養母《か》さん。こぼれてるよッ」

放心していたようだ。ふみにいわれるまで、おりきは火皿がかたむいて刻み煙草がぱらぱらとこぼれ落ちていることさえ気づかなかった。

二

おりきは麻之助《あさのすけ》を一途に想いつづけてきた。

里村《さとむら》麻之助――武蔵国岩槻藩主《むさしのくにいわつきはんしゅ》、奏者番《そうじゃばん》をつとめる大岡主膳正《おおおかしゅぜんのかみ》の家臣である。

といっても、この十年、逢っていない。その名を口にしたこともない。胸の奥にしまいこんだ面影を事あるごとにとりだしては思い出にひたり、目の前にいるかのように語りかけている。もしや麻之助にかかわる話が聞けはすまいかと、耳をそばだてることもしばしばだ。これまで期待はことごとくはずれていたのに、今になって、安吉の口から麻之助らしき武士の話が飛びだした。

逢ってはいないが、おりきは麻之助の住まいを知っている。麻之助は浅草田原町《たわらまち》の近くにある大岡家上屋敷の長屋に住んでいる。おりきはわざわざ屋敷の前を通ったり、物陰に隠れて屋敷から出て来る姿を眺めたりしたことがあった。そのくせ、あわや鉢合わせしそうになったときは、息も止まるほど狼狽し、脱兎《だつと》のごとく逃げだしてしまった。自分は死人なのだから、顔を合わせるわけにはいかない。

用心の上にも用心を心がけていたから、おりきの恋心に気づく者はいなかった。どのみち、おりきの身の上を知っているのは冨次だけだ。その冨次も十年前はまだ子供だったので、おりきと麻之助、それに自分の兄の冨太郎《とみたろう》とのあいだに起こった出来事の真相は知らされていない。

安吉から、麻之助らしき武士が冨次を捜していたという話を聞いた翌日、おりきは洲崎の船手宿へ冨次を訪ねた。悪童が長じて与太者になり、お縄になったことまである冨次だが、近ごろは船手としてなんとか生業を立てている。おりきもときおり船頭の仕事をまわしてやっているので、ひところのように銭をせびりに来ることもめったにない。

冨次は宿にいた。

「今日はね、仕事を頼みに来たんじゃないんだよ」

冨次を捜している武士がいることを教えると、冨次は一瞬身を固くした。

「身に覚えがあるって顔だね」

「へん。女将さんのほうこそ叩けば埃が出るんじゃねえか」冨次は首をすくめた。痘痕《あばた》面《づら》に探るような色を浮かべる。「まさか、あいつじゃ、ねえだろうな」

「その、まさかだとおもうけど。他にだれがあそこへゆくのサ」

「あいつは兄ぃの仇だ。会ったら息の根、止めてやる」

「急用かもしれないよ。知りたくないのかい。もし冨太郎のことだったら……」

冨次はぐっと言葉につまった。長いこと会っていなくても兄は兄、冨太郎はたった一人の身内である。

「おまえさんはあちこちに顔なじみがいる。蛇の道は蛇だ、訊いてごらん」

地回りだ岡っ引だといっても、裏を返せば悪の道に片足を突っこんだ者たちばかり。手下には冨次の博打仲間もいるから、麻之助がなぜ冨次を捜していたのか、知っている者がいるかもしれない。

「そんなら調べてみるか」

「なにかわかったら、あたしにも教えとくれ」

「ああ、真っ先に知らせてやらあ」

片手を出したので、手のひらに駄賃を置いてやった。

浅草に住んでいた昔、おりき――当時はおさい――の家と冨太郎・冨次兄弟の家はおなじ長屋にあった。幼なじみのおさいと冨太郎は実の兄妹のように仲が良かったので、まわりからはゆくゆく夫婦になるものとおもわれていた。冨太郎自身もそう信じていたらしい。麻之助という競争相手があらわれるまでは……。

おさいが水茶屋の仕事を手伝うようになって、その人気が高まるにつれ、冨太郎は荒れる日が多くなった。質《たち》のわるい仲間とつきあい、見る見るすさんでいった。麻之助がおさいを見初め、おさいのほうも凜々しい武士にのぼせあがっているのを知ると、冨太郎は逆上した。あげく、いやがるおさいを連れだし、奪い返そうとした麻之助に喧嘩を売った。当時の冨太郎は完全に常軌を逸していたのだ。

武士相手に刃傷沙汰《にんじょうざた》を起こした科《とが》で、冨太郎は捕縛され、遠島《えんとう》となった。おさいと麻之助の恋は、これを機になおいっそう燃え上がった。

〈遊ばれてるってぇのがわからねえのか、いいかげんにしやがれッ〉

おさいの父親の叱責もかえって火に油を注いだだけ。身分ちがいの、実るはずのない恋は、それゆえにこそ激しく燃え盛る。

おさいにとって一世一代のこの恋は、大方の予想どおり、悲しい結末を迎えた。

それなのに――。

十年がすぎた今もまだ、麻之助はおりきの胸をかき乱している。

数日後、冨次は興奮に赤らんだ顔で駆けて来た。

「冨太郎が、帰って来る?」

「恩赦があるんだとサ」

島送りになったものの、冨太郎は人を殺《あや》めたわけでも物を盗んだわけでもない。島では神妙に暮らしていたという。

「兄ぃはよぉ、どうも、長くねえらしい」

不治の病に罹《かか》っているとやら。

「ならきっと、そのことを知らせようとしたんだね」

「おいらしか身寄りはいねえからな」

冨太郎・冨次の両親はすでに亡い。親戚の一人二人はいるかもしれないが、遠島になった冨太郎とはだれもかかわりたくないはずだ。

「とりあえずは、小石川《こいしかわ》の養生所へ入れられるんだとサ」

小石川には幕府の薬草園があって、その中の養生所には、小伝馬町《こでんまちょう》の大牢で死にかけた者たちも送りこまれる。ご赦免になる冨太郎は本来ならまっすぐ実家に帰ることもできるのだが、あいにく実家はもうなかった。

「女将さんが待ってると聞いたら、兄ぃは泣いて喜ぶにちげえねえ」

「別に、待ってるわけじゃ……」

「いいじゃねえか。じきにくたばるんだ。そういうことにしてやってくれ」

冨太郎に惚れたことは一度もなかった。十年前のあのとき本当はなにがあったのか、おりきはこれまで何度も、冨次に教えてやりたいとおもった。たとえ麻之助にめぐりあわなかったとしても、冨太郎と夫婦になるつもりはなかった。でも、今さら話したところでなんになる？　惚れたのは麻之助ただ一人、と打ち明けたからといって……。

麻之助と出会った日のことは、今も昨日のことのように覚えている。

あれは、麦湯を運んでいるだけで汗ばんでくるような初夏の午下《ひるさが》りだった。喉の渇きを覚えた客が入れ代わり立ち代わりやって来た。どこから歩いて来たのか、麻之助も縁台に腰を掛けるなり、菅笠をかたわらへ置き、手拭で額ににじんだ汗をぬぐった。

〈麦湯をくれ〉

首をまわして見世の奥を見る。

〈はーい〉と、おさいもはずんだ声で応じた。水茶屋の仕事は愉しい。結いはじめたばかりの島田髷が誇らしいし、古い腰巻でつくった赤い前掛けもうれしい。

ふりむいた瞬間、二人の目が合った。なぜだろう、頬がぽっと熱くなって、心の臓がぱくぱくと大きな音を立てた。おさいはおもわず前掛けの端をにぎりしめている。

〈ほれ、こぼすなよ〉

父から渡された湯呑を盆へのせる手がふるえた。どきどきしてつまずきそうになり、うつむいたまま麦湯を運んでゆくと、麻之助は眩しそうに目をしばたたいた。

〈評判の看板娘とはおまえのことか〉

おさいは真っ赤になって首を横に振った。

〈名はなんという？〉

〈さい。あの……お、お武家、さまも、聖天さまへいらしたのですか〉

このあたりは寺社だらけである。

〈いや、この先に剣術の恩師が住んでおっての、見舞いだ〉

おさいの麦湯は美味い、格別の香りがすると麻之助はやさしい眸《ひとみ》でいった。明日も来るという言葉どおり、それからは三日にあげず通ってきた。四、五日姿が見えないと、おさいはなにかあったのではないかと心配で眠れなかった。

はじめての、二度と訪れることのない、生涯ただ一度の――恋。


「で、よ、どうするんだ？」

唐突に訊かれて、おりきはわれに返った。

「どうするって？」

「兄ぃのことサ。迎えに行くのか」

「あたしが？　行けるわけないだろ」

「そうか。そうだな。だったらおいらがここへ連れて来てやるよ」

「待っとくれよ。あたしがいつ、冨太郎を引きとるといったんだい。幼なじみってだけで冨太郎は亭主でもなんでもないんだよ。病のことは気の毒だとおもうけど、十年も会ってない男の世話を、なんであたしがしなくちゃならないのサ」

ついムキになって抗弁している。

いっそ、洗いざらい話してしまおうか。冨太郎は自分を無理やり連れだし、乱暴しようとしたのだ。麻之助が救いだしてくれなければどうなっていたか。遠島になったときは心底ほっとした。いい気味だ、ともおもった。同情なんかこれっぽっちもしなかった。あのとき冨次に真実をいえなかったのは、冨次がまだ子供だったからで……。

冨次はけげんな顔をしている。おりきの真意をつかみかねているのだろう。

おりきはため息をついた。

「とにかくね、まずは様子を知らせとくれよ。こっちにだって都合ってものがあるんだし、十年も経ってるんだ、冨太郎だってなにを考えてるのかわかりゃしない。人はね、変わるんだ」

最後の言葉をいったとたん、口の中にじわっと苦い唾がにじみ出た。

恋に胸をときめかせていたあのころは、初心《うぶ》な娘だった。目にするものはみなまっすぐで汚れなく、なにもかもが陽射しを浴びて明るく輝いているように見えた。今、そんなふうにおもえないのは、まわりが変わったからではない。自分が変わってしまったのだ。

おさいは死んで、おりきになった。

いや、おさいとおりきのあいだには、おとよもいるし、おらんもいた。いずれも手に負えない性悪女たちだ。他人に知られたくない過去が降り積もって、今、自分は埋もれかけている……。

「ごめんよ。急なことでとまどってるんだ。とにかく冨次、兄さんが帰ってきたら、真面目に働いてるとこを見せて、安心させておやりよ」

当たり障りのない言葉と曖昧な笑顔で、おりきは冨次を煙に巻いた。

三

人は変わる――そうおもったのはまちがいだったか。

少なくとも冨太郎は、ちっとも変わっていなかった。過酷な島暮らしと病のせいで痩せ衰え、頬骨や顎が突き出て骸骨さながらになった顔貌はもちろん昔とは異なっていたものの、その胸に燃えたぎる怨みや怒りは、ふくらみこそすれ鎮《しず》まってはいないようだった。しかもそれは流行病《はやりやまい》のように伝染する。そのことをおもい知らされたのは、冨太郎が江戸へ帰還していくらも経たないある日のことだ。

「おっ養母《か》さん。あたい、妙なこと、聞いちゃった」

ふみが得意げな顔で注進に来た。

自分を地獄のような暮らしから救いだしてくれたおりきを、ふみは崇拝している。役に立ちたい褒められたいと前のめりになっているので、どんなことも聞き捨てにしない。

「冨次兄ちゃんの様子がおかしいって。なにか悪だくみをしてるんじゃないかって」

怖い顔で独りごとをつぶやいていたとか、話しかけても返事をしなかったとか、目つきのわるい男たちとヒソヒソ話をしていたとか……しかもこのところ、ヒマさえあれば浅草界隈をうろついているらしい。

「小石川に兄さんがいるんだもの、浅草は通り道だし……」

「けど、聖天さまの近くの渡し場で舟を漕いでるのを見たって人もいるよ」

山谷《さんや》堀《ぼり》の渡し場なら、吉原遊郭にゆく人々でにぎわっている。が、冨次が吉原通いをするとはおもえなかった。そんな銭はないはずだ。

「それがどうして悪だくみになるのサ。昔の知り合いの船頭に頼まれたんじゃないのかい。あそこはいつも人手が足りないっていうから」

「そうだけど……だれかのあとをつけてるのを見たって人もいるんだ。物陰に隠れて、お屋敷の入口を見張ってたんだって」

おりきは思案顔になった。ひと月ほど前、盗賊一味がお縄になった。武家屋敷からお宝を盗んで、舟で運ぶところだったというから、ふみは冨次をそんな盗賊の一人になぞらえているのかもしれない。

「その話だけど、だれから聞いたんだい」

「藤太《とうた》さん」

藤太は船手見習いだ。船手宿に住みこんで雑用をこなしている。似たような年齢、似たような境遇のふみと藤太は親しく話をする仲である。船手宿へ冨次を呼びに行くのは毎度ふみの役目だ。

「よく教えてくれたね。ありがとよ」

礼をいわれて、ふみは笑顔になった。

「冨次兄ちゃんが盗賊の一味だったら、おっ養母さん、どうするの？」

「どうもしないよ。あたしはお上の手先じゃないもの」

盗賊云々はともかく、ふみの話はおりきの背筋に悪寒を走らせた。ふみの前ではおくびにも出さなかったが、おりきにはおもい当たるフシがあったからだ。

数日前、小石川の養生所へ出向いて冨太郎を見舞った。冨太郎は黴臭《かびくさ》い煎餅《せんべい》布団に寝かされていた。眠っているのか、眠ったふりをしているのか、声をかけても目を開けなかった。

おりきは胸を撫で下ろした。この様子なら、冨次だって、よりを戻せだの、引きとって世話をしろだのとはいわないだろう。冨太郎自身もそんな期待はしていないはずだ。

ところが、帰ろうとしたとき、冨太郎はかっと目を開け、火種があったらボッと燃え上がりそうな視線でおりきを刺し貫いた。とおもうや、地獄の底からひびくようなしゃがれ声でひとこと――。

「てめえは、まだ、あいつに惚れてやがるんだな」

骨の髄まで凍らせるような一瞬だった。

図星をつかれて、おりきはすくみあがった。が、同時に烈しい怒りも噴き上げた。

冨太郎は十年前のあの日、勝手なおもいこみから自分を手籠《てご》めにしようとしたのだ。まるでおさいが、そうすることが許される自分の体の一部ででもあるかのように……。

そのこと自体はおさいと麻之助の仲を深めこそすれ水をさす結果にはならなかったものの、おさいはほどなく幸福の絶頂から不幸のどん底へ突き落とされた。なにが腹立たしいといって、その後の人生で、冨太郎と同類の人間になり果ててしまったことが、あの日の呪いででもあったかのようにおもえ、今は悔しくてしかたがない。

「訊くまでもないね」

おりきは吐き捨てた。冨太郎が苦しげに呻《うめ》いて目を閉じてしまったので、逃げるようにその場をあとにした。どこかに冨次もいたはずだが、おりきの視界には入らなかった。

そういえば、あれから冨次とも会っていない。様子を知らせるといっていた冨次が顔を見せないのは、あの一幕に腹を立てているからか。

冨次は兄を慕っていた。仲の良い兄弟だった子供のころの記憶だけにしがみつき、話をねじまげてでも、〈罪人に仕立てられた憐れな兄〉と〈その許婚《いいなずけ》を奪った狡猾な武士〉という役割を二人に演じさせようと躍起《やっき》になっている。おりきが不運に見舞われた大本《おおもと》は麻之助にあり、おりきがいまだに独り身でいるのは兄を想いつづけているからだと、勝手におもいこもうとしていた。

どうしてもっと早く真実を教えなかったのか。いや、教えたところで、冨次は素直にうけいれただろうか。

そんな冨次が、瀕死の兄を目の当たりにした。兄から吹きこまれたか、怨念がのりうつったか、麻之助に仇討をしようとおもいたった、死にかけた兄に代わって。だから機会を狙ってつけまわしているのではないか。それこそ逆恨みだ。ふみがいっていた悪だくみにちがいない。

ああ、どうしよう──。

おりきは頭を抱えた。冨次におもい留まらせる方法はないものか。説得する？　いや、ますます手がつけられなくなるのは目に見えている。

となれば、手段はひとつ。麻之助に知らせるしかない。

二度と逢わないつもりだった。ひそかに想いつづけていようと決めていた。けれど、麻之助の命が危機に瀕しているとなれば……。

おりきは、彼岸《ひがん》からあの日のおさいを呼び戻すことにした。

四

船宿の常連に薩摩屋《さつまや》徳兵衛《とくべえ》という豪商がいる。いくつかの大名家に出入りしていて、大岡家の御用達でもあった。

おりきは徳兵衛に頼みこんで、一席もうけてもらうことにした。なぜ自分が呼ばれるのかと麻之助は首をかしげるだろうが、内々に話があるといわれて断る理由はない。

「おっ養母さん。なに、その恰好……」

髪は丸髷、着物は上品な小紋、船宿の粋な女将ではなく老舗の地味な内儀といったおりきのいでたちを見て、ふみは目を丸くした。

「いいかい。よけいなことをいうんじゃないよ。おっ養母さんじゃない、お内儀さんだからね」

「はい。お内儀さん」

おりきはふみを伴って、湯島の料理屋まで出かけて行った。

十年ぶりの再会である。嫌いになったわけでも、ましてや喧嘩別れをしたわけでもないから、再会の場でどんな顔をしたらよいかわからなかった。困惑や不安を隠そうとすれば、どうしても怖い顔になる。まるで戦に出陣するようだと、ふみは内心いぶかしんでいるにちがいない。

最後に逢ったとき、おりき——おさいと麻之助は、そのあとに別離が待ちかまえているとは夢にもおもわなかった。

〈おれを信じて待っていてくれ〉

明日は国許へ発つというその日、麻之助はおさいの手をにぎりしめていった。

おさいは十七になったばかりで、むろん恋が実ることは太陽が西から昇るくらいありえないと頭の片隅ではわかっていながらも、一方では麻之助が約束してくれたのだから上手くゆくはずだとおもおうとする気持ちもあって、日々、揺れ動いていた。

前年に富太郎の一件があってからは、父親もよけいな口出しをしなくなっていた。二人の仲を認めたわけではなかったが、娘が長屋のろくでなしに手籠めにされて、なしくずしに女房にさせられることをおもえば、多少はマシに感じられたのだろう。なんといっても、麻之助はれっきとした武士で、娘の貞節を守ってくれたのだから。

〈待っています。なにがあっても〉

おさいも約束した。

麻之助は一年後に江戸へ帰って来ることになっていた。不測の事態が起こって多少は延びることもあるかもしれないが、この別れをさほど深刻に考えなかったのは、二人が若かったことに加え、麻之助の仕える大岡家の領国が江戸からもほど近い武蔵国岩槻だったためである。これが上方や東北、九州だったらこうはいかない。

ところが、事態は一変した。麻之助が帰国しているあいだに、おさいの身に大きな変化が訪れた。まず父親が胸の病で倒れた。幼いころ母を亡くしていたので、おさいにとってはただ一人の身内である。

父親がいなければ水茶屋はたたむしかなかった。家にかなりの借金があることも、おさいはこのとき聞かされた。その上、これからは薬代もかかる。おさいが働きに出たくらいではとてもまかなえそうにない。だいいち、働きに出れば看病ができない。

そこへ、救いの手を差し伸べようという奇特な者が現れた。前々からおさいに執心していた年配の商人で、日本橋《にほんばし》で呉服屋を営んでいた。借金を肩代わりしてやるという商人の言葉に父が飛びついたのは、病で気弱になっていたからか。

〈内儀は高齢で、病がちだそうな。ゆくゆくはおまえを後妻にするといわれた〉

父はおさいの機嫌をとり、拒否されると泣き落としに出た。病の父親を見捨てることなどできようか。断れば、明日から生きてゆけない。

悩んだ末、麻之助に文を認《したた》めたが、書いては破り、破ってはまた書き……とうとう送ることができなかった。贅沢とは無縁の、つつましく質朴な武士に泣きついたところで、困らせるだけだろう。

おさいは聖天社へ詣でて泣くだけ泣き、父と共に商人があつらえた妾宅へ移った。

翌年、麻之助は江戸へ戻らなかった。麻之助が江戸へ戻ったのはその二年後、おさいの父親がこの世を去ったあとだ。おさいは商人から暇をもらおうとしたがおもうにまかせず、いっそ死んでしまいたいとおもいつめた。

そのときだ、冨次がやって来たのは。

〈あいつは妻《めと》を娶ったそうだ。来年には子も生まれるらしい。なんで、おめえだけが死ななくちゃならねえんだ？〉

〈あいつ〉とはむろん、麻之助である。

商人を騙すために身投げのお膳立てをしたのは、冨次と、当時冨次がつきあっていた与太者連中だ。おさいは死んで、自由の身になった。が、川へこそ身を投げなかったものの、転落の人生がはじまった。女頭領をきどったこともある。わるいやつらと手を切って、小商いをはじめたこともある。食えなくなって、巾着切り《きんちゃくき》りのおらんで鳴らした日々もある。一文無しの女が身を売らずに銭を貯めるのは、並大抵のことではなかった。

実際、おさいほどの美貌があれば、吉原でお職を張ることもできたはずだ。が、断固、拒否した。深川で芸者になることも、下谷《したや》界隈の夜鷹に身を堕とすことも、もちろん妾稼業も、いくらでもあった縁談にも、おさいは背をむけた。麻之助への恋を貫くために。そうしたくてしたわけではないけれど、約束を破ってしまったのは自分だ。だから、せめて貞節だけは守ろうと、おさいは胸に誓っていたのである……。

「おっ養母……じゃない、お内儀さん。どうしたの？　蒼い顔、してるよ」

ふみが足を止め、おりきの顔をのぞきこんだ。

おりきは帯をきゅっとしごいた。

「着慣れないからね、帯がきついんだよ」


里村麻之助は、床の間を背にぽつねんと座り、少しだけ首をまわして早春のまだ寒々とした庭を眺めていた。

面とむかって顔を合わせるのは十年ぶりである。自分がもう初心な娘ではないように、麻之助も凛々しい若武士ではなくなっていた。が、目元のやさしさは変わらず、引きしまった口元もあのころのままだ。

「おじゃまいたします」

敷居際に両手をついて声をかけると、麻之助ははじかれたようにこちらを見た。徳兵衛が来るとおもっていたのだろう、けげんな顔である。

「徳兵衛は……」

「甲田屋《こうだや》の内儀のおさいと申します。申しわけございません。ご無礼は承知ながら、徳兵衛さんに頼んで席をもうけていただきました」

「おさい……」とつぶやいた麻之助は、顔を上げたおりきを見るや、あッと声をもらした。「おさいッ。いや、まさか……」

「麻之助さま。お久しゅうございます」

「おさい……おさいかッ。し、しかし、おさいは、死んだと……」

「水茶屋の娘は死にましたが、おさいはこうして生きております」

父が倒れて水茶屋を閉めざるをえなかった。その話をすると、麻之助はうなずいた。

江戸へ戻ってから知ったという。

「なぜ知らせて来なんだのだ？　あのときは恨んだ。あれほど約束をしたのに、と」

それでも強くいえないのは、下級藩士の身、たとえおさいが窮状を知らせて来たとしても助けられなかったとわかっているからだろう。

「約束を破ったことは重々お詫びいたします。すべて、わたくしの過ち……」

「いや、詫びをいわねばならぬのはおれのほうだ。なにも力になってやれず、さぞや心細いおもいをしたであろうの」

生きていてよかった、詫びがいえてよかったと、麻之助は眸《め》をうるませている。その顔を見ただけで、おりきの胸のしこりも氷解した。自分ではそんなものはないとおもっていたが、知らず知らずのうちにしこりができていたらしい。

胸の重石がとれると、熱いものがこみあげた。一瞬にして、昔に戻ったような……。

逢うまでは、麻之助は自分を怨んでいるだろう、二度と顔を見たくないとおもっているのではないかと不安だった。だからあえて商人の内儀になりすました。船宿の女将では過去を見透かされそうだし、同情をされれば卑屈になる。人並みの満ち足りた暮らしをしているとおもわせることで、不安を隠し、対等に話ができるような気がしたのだ。

おりきは居住まいを正した。

「昔の話をするために参ったのではありません……と、いいたいところですが、実は、今日いらしていただきましたのは、お耳に入れておきたいことがあるからです」

おりきは冨次の話をした。

「麻之助さまも、冨次を捜しておられたのでしょう」

「うむ。冨太郎のことを知らせようとおもうたのだ」

「仇《あだ》になってしまいましたね。冨次は麻之助さまをつけ狙うております」

「そうか……。だが心配は無用だ。襲うてきたらひと捻りしてくれるわ」

「冨次は船手の仕事をしています。船の上でいきなり、ということもございますよ。用心していただかないと」

冨太郎の怨念がのりうつったとしたら、冨次は己の命さえ、もはやどうでもよくなっているかもしれない。相討ち覚悟で挑まれれば、その上、不意を衝かれれば、武士といえども危うい。

「わかった。心しよう」

「きっとでございますよ。麻之助さまの御身になにかあれば、わたくしも、生きては、いられません」

熱をこめていったところで、おりきははっと身をすくめた。そんなことをいっては、わざわざ商人の内儀のふりをしてきた意味がない。

案の定、麻之助はおりきの目をじっと見つめた。そこになにがあるか、探ろうとしているのか。

「甲田屋の主人とは、いかようなお人か」

「それは……やさしい、亭主にございます」

「お子は？」

「子？　あ、はい、三人ほど」

「そうか。おさいは幸せに暮らしておるのだな」

「……はい。はい。おかげさまで」

おりきは声をつまらせた。地獄を這いまわるような思いをして、やっとのことで船宿の女将になった。飢える心配は当面ないし、銭のためにうしろめたいことをする必要ももうない。けれど、今が幸せかといえば、それはちがう。そう。麻之助との恋を失ってから、一度として幸せだとおもったことはない。

麻之助は、おりきの言葉を、言葉どおりにうけとったようだった。

「なれば親父どのも喜んでおられよう」

そのまなざしは、安堵しているようでもあり、寂しそうにも見える。

おりきはおもわずあとずさりをした。こうしていたら、またなにをいってしまうか。

未練に後ろ髪をひかれて、離れるのが辛くなりそうだ。

「わたくしの話はこれだけにございます。なにとぞ、くれぐれも、ご身辺にはご用心くださいまし。冨次はなにをしでかすか、侮《あなど》れません」

おりきが帰ったら、徳兵衛が麻之助をもてなすことになっている。長居は禁物。まだなにか聞きたそうな麻之助をあとへ残して、そそくさと料理屋をあとにした。

「亭主が待っていますから」

帰りしなに強がりの嘘までついたのは、動揺している心を〈律するため〉だったかもしれない。

五

逢わなければよかったと、おりきは悔やんだ。あんなにあわてなければ、なにか別の方法で知らせることができたかもしれない。

十年ものあいだ、胸の奥深く忍ぶ恋だった。どうにもならないとわかっていたので、それ以上、望むこともなかった。これまでは切なさや寂しさと上手く折り合いをつけてきたのだ。ところが逢って話をしたとたん、埋火《うずみび》が燃え上がった。今一度逢いたい、話がしたい……おりきは二六時中、長煙管を吸いたてている。

十日ほどして、めずらしく冨次が訪ねて来た。しばらく顔を見ないあいだに眼窩《がんか》がくぼみ、頬がこけて、げっそりと窶《やつ》れている。

冨次は、玄関の框《かまち》にくずれこむように腰を落とすや、上目づかいにおりきを見た。

「兄ぃが死んだ」

えッと、おりきは絶句する。

「後始末はすんだ。墓参に来てくれ」

冨太郎のために、おりきはときおり使いを立てて、食べ物や着替えを小石川へとどけていた。が、見舞ったのはあの一度きりだ。冨次が顔を見せないので、冨太郎の容態についても知らずじまいだった。

「ごめんよ。なにもしてやれなくて」

幼なじみとして、もう少しなにかしてやれたかもしれない。遠島になったことは自業自得だったとしても、遠因は自分にもあったのだから。

冨次は、なにもいい返さなかった。

「いっぺんくらい、墓参してくれてもいいだろう」

小童《こわっぱ》のように口を尖らせる。

「そりゃあ、あたしだってしたいけど……」

墓参を厭《いと》うわけではなかった。心から弔いたい。けれど富太郎の家の墓はおりきの家とおなじ、浅草今戸《いまど》町《まち》の慶養寺《けいようじ》にあった。しかも、おりきの家の墓のとなりである。

おりきはもう何年も墓参をしていなかった。したいのはやまやまだったが、できなかった。なぜならその墓には自分も入っている――埋葬されていることになっているからだ。冨次たちが埋めたものがなんであれ、それはおさいの遺骨だった。今ごろになっておりきが墓参に行けば、幽霊が出たと大騒ぎになるかもしれない。

「あの寺には自分の墓がある。あたしは行けないよ」

「顔を隠してりゃ、わからない」

「だけど……」

「暗くなってから行けばいい。だれもいないときに」

そこまでいうんなら行ってやろうかと、おりきはおもいなおした、それで冨次の気がすむなら御の字だ。心が鎮まれば、麻之助をつけ狙うこともやめてくれるかもしれない。

「そうだねえ。長いこと、お父っつぁんやおっ母さんの墓参もしてないし……だれも来てくれないって、きっと寂しがってるだろうしねえ」

すると、おもわずもれてしまった、とでもいうように、富次がつぶやいた。

「あの野郎の墓参じゃ、親父さんも苦笑いか」

おりきは聞きとがめた。

「あの野郎って？」

「あいつサ。ご苦労にも、毎月の命日にはきちきちと来てやがるそうだぜ」

「お父っつぁんの墓参に……」

「馬鹿。おめえが入ってるからだ」

おりきは目をみはった。では、麻之助は、江戸へ戻って、おさいが死んでしまったと知ってから、毎月のように墓参をしてくれていたのか。あのときはなにもいわなかった。そんなことは、おくびにも出さず……。

そうか、そうだったのか――。

おりきは茫然としている。自分が麻之助に恋い焦がれていた長い歳月、麻之助もおさいの死を悼み、忘れられずに命日の墓参をつづけていたのだ。おりきが胸中で麻之助に話しかけていたように、麻之助も墓前でおさいに話しかけていたのだとしたら……。

二人は、この十年、心を通わせ合っていたことになる。

「なあ、女将さんよ、どうだい？　行くのか行かねえのか」

「行くよ。行くってば」

「よし。だったら迎えに来てやらあ」

さっきまでとは別人のように威勢よく応じて、冨次は船手宿へ帰ってゆく。おりきはもう、冨次のことなど眼中になかった。

ひとりになるや、物おもいに沈みこむ。商人の内儀だなんて嘘をつかなければよかった。自分がずっと想いつづけてきたことを、正直に打ち明けるべきだった。そうすれば昔に戻って、また、なにかがはじまったかもしれない……。

いや……と、おりきは首を横に振った。昔には戻れない。麻之助が想いつづけているのは水茶屋の看板娘のおさいで、自分はもう、おさいではないのだから。麻之助はすぐそのちがいに気づくはずだ。そして幻滅する。おさいだとおもっていた女が、与太者たちとつるんでいたおとよや、巾着切りのおらんや、船宿の女将のおりきだと知ったら、麻之助はどんな顔をするだろう……。

羅宇なら、何度でもすげかえられるのに――。

嗚咽《おえつ》がもれる。

無意識に両手を動かし、体にしみこんだ汚れをこそげ落とそうとでもするように、おりきはごしごしと二の腕をこすっていた。

冨次は二日後の日没寸前にやって来た。

洲崎から山谷堀までは船でゆく。おりきは船宿の女将だし、冨次は船頭だから、これがいちばん都合がよい。徒歩なら聖天社のあたりを通るとき顔見知りに見られる心配もあったが、その点も安心である。

屋根船の舳先《へさき》に下げた船行燈が大川の川面に光の尾を引いてゆくさまを、おりきはじっと目で追いかけていた。命のように、恋のように、儚《はかな》い光だ。冨次も口をきかなかった。兄の死がこたえているのか。それとも他に気をとられていることがあるのか。

山谷堀はこの時刻も船が行きかっていた。が、とっつきの船着場で下船して慶養寺の方角へ歩きだすや、往来は途絶え、ひっそりとした闇につつまれた。

慶養寺は広大だ。墓所もだだっ広い。立派な層塔や五輪塔が立ち並ぶ一画とは別に、おりきや冨次など長屋の住民の家の墓は、隅っこのじめじめした場所にごちゃごちゃと寄せ集められていた。

この中にはおさいの墓もある。その墓前にたたずみ、麻之助はなにをおもっていたのか。できるなら聞いてみたい……。

「ここへお参りに来ることは、金輪際ないとおもってたよ」

おりきは提灯をかざしてあたりを見まわしながら、感慨をこめてつぶやいた。ふっと横を見ると、冨次は気まずそうに目をそらす。

「兄ぃはあそこ、おいらん家《ち》の墓だ」

「わかってるよ。子供のころ、冨太郎とふざけてあの墓石の上にのっかって、和尚さまに叱られたっけ」

「あ……ああ。みんな、よ、よく、遊んだっけな」

冨次の声が裏返っている。

おりきは冨次の家の墓の前に立って、ところどころひび割れた自然石を眺めた。ここに真新しい冨太郎の遺骨が加わったのかとおもうと、胸がぎゅんと痛む。

「香をたむけるから、これ……」

提灯を手渡そうとしてふりむいたときだった。冨次のふところから短刀の柄がのぞいているのが見えた。おや、と首をかしげる。

提灯をうけとるとき、冨次はあわてて片手を背中にまわした。なにか持っているのか。

冨次の顔がひきつっている。

「冨次?」

問いかけようとしたとたん、ぱっと提灯が宙へ飛んだ。光がこぼれた、とおもうや、おりきは鳩尾《みぞおち》に焼けるような痛みを感じた。激痛と吐き気に襲われて地面へ倒れこんだおりきの両手を荒々しく背中へまわして、冨次は荒縄で縛りあげた。そう、冨次が隠し持っていたのは荒縄だ。

おりきは驚きのあまり声も出せない。

「兄ぃ。ごめん。やっぱり……だめだ。おいらにゃできねえ」

苦渋の表情でうめいたところをみると、冨次が荒縄を用意していたのは、おりきを縛るためではなく、その首を縊《くく》るためだったのかもしれない。冨次はおりきを、兄のもとへ送るつもりだったのか。

おりきは咳込む。悲鳴をあげた。冨次は腰から手拭を引き抜いて、おりきに猿轡《さるぐつわ》をかませた。地面へころがしたまま、どこかへ、少なくともおりきの目のとどかないところへ行ってしまった。

おりきはもがいた。もがけばもがくほど、縄も手拭も食いこむばかり。落ちつけ落ちつけとけんめいに心を鎮める。

おりきにはもう、冨次の魂胆がみえていた。今、ここへ麻之助がやって来たらどうなるか。墓前で倒れている人を見つけ、何事かと駆け寄るはずだ。おりきだとわかれば、しゃがみこんで縄を解こうとするだろう。身をかがめているそのときなら、冨次が麻之助を仕留めることも夢ではない。冨次は、そう、どこかに隠れているにちがいない。

おりきの憶測は当たっていたようだ。半刻ほどして、寺門の方角から提灯を手にした人影が近づいてきた。

麻之助だ。麻之助は近くまできてはっと立ち止まり、提灯を高く掲げた。驚きもあらわに駆けて来る。そばまで来ると「おさいッ」と叫び、提灯をかたわらに置いて、地面に膝をついた。

「おさいッ。大丈夫かッ。今、解いてやるッ」

おりきは麻之助の目を見つめた。ありったけの警告をこめて。

警告するまでもなかった。むろん、麻之助はとうに気づいていたにちがいない。なぜなら、おりきから、冨次が麻之助の命を狙っていると知らされていたからだ。

麻之助が無防備に這いつくばったのは、冨次をけしかけるためだろう。

冨次の攻撃は素早かった。が、麻之助の反撃ははるかにすさまじかった。麻之助の手が、待ちかまえていたように冨次の手首をつかんだ。短刀がすっ飛び、冨次は墓石へ激しく投げつけられて転倒した。気を失っている冨次を、麻之助はおりきが縛られていた荒縄で縛りあげる。

「怪我はないか」

「はい。いらしてくださって助かりました」

「もっと早う来るつもりだったのだ。御用が終わらず……。しかし危ういところだった。まさか、あやつがおさいどのといっしょだったとは……」

「麻之助さまはおびきだされたのですね、なんといわれたのですか」

「おさいどののことで話があると」

冨次の使いを名乗る者が、呼び出し状をとどけてきたという。

麻之助はちらりと冨次を見た。冨次は微動だにしない。

「おさいどの……」麻之助はおりきの手をたぐり寄せ、胸に抱き寄せた。「怪我がのうてよかった。倒れているのがおさいどのとわかったとき、おれは……おれは息が止まるかとおもった」

「麻之助さまこそ、ご無事でようございました」

おりきも麻之助の胸に頰を押し当てる。泥まみれになっていることさえ、二人は気づかなかった。どれほどそうして抱き合っていたか。

冨次がうめいた。二人はさっと身を離した。

「冨次は、どうなるのですか」

麻之助の命を奪おうとした一方で、おりきには止《とど》めを刺せなかった。冨次にとって、おりきは姉のようなものである。

「命だけは……」

「約束はできぬが、できるかぎりはやってみよう」

麻之助はおりきに手を貸し、共に立ち上がった。まずは庫裏《くり》へ立ち寄り、和尚に事情を話して助けを請わなければならない。

「幽霊が出たとおもわれるかもしれません」

「いや。おれは今、ついおさいどのというてしまったが、ここにいるのはおりきどのだ。

水茶屋の看板娘ではのうて、洲崎の船宿の女将……」

「まあ、ご存知だったのですか」

「料理屋で逢うたあと、調べさせた。この一件が片づいたら……」

訪ねてもよいかと訊かれて、おりきは曖昧にうなずく。

「ご家中での評判がわるうなるやもしれません」

「さようなことは案ずるな。昔とはちがう」

麻之助はいろいろ話したいことがあるようだった。おりきも聞きたいことがあった。おりきのこと、おりきになるまでのことを、麻之助はどこまで知っているのか……それがなにより知りたい。それから、変わらぬものと変わってしまったものの重さを量って、もし変わってしまったもののほうが重くても昔に戻れるものなのか……それも知りたい。

二人は庫裏を訪ねた。

和尚は代替わりをしていて、おりきを見ても驚かなかった。

二人は泥をぬぐい、身づくろいをする。

「なるべく早う逢いにゆく。息災でいてくれ」

「麻之助さまこそ、お気をつけて」

おりきは寺男に送られ、ひとり、洲崎の船宿へ帰って行った。

＊　＊　＊

「いったい、どういうことなんだか……ねえ、おっ養母さんってば、どうしたの？　なにがなんだかさっぱりわからないよ」

ふみはぬれ雑巾を振りまわして地団太をふんだ。

おりきはとりあわない。

「さあ、早く拭いてしまいなさい。立つ鳥あとを濁さずってね」

たすき掛けに前掛け姿のおりきは、床を拭くのに余念がない。

「そこがすんだら、あっちの荷物を……」

「だけど、なにも、こんなにあわてて引っ越さなくたって」

「おもいたったが吉日っていうじゃないか。善は急げ、ともね」

「どこへ行くの？」

「さあ、どこにしようか」

とりあえずは徳兵衛の口利きで、日本橋堀江町《にほんばしほりえちょう》の長屋へ引っ越すことになっていた。が、そこに落ちつくつもりはない。築地《つきじ》か鉄砲洲《てっぽうず》か、船宿をやめて別の商いをはじめるなら品川《しながわ》か川崎《かわさき》ということも……。吉と出るか、凶と出るか。勝算はまったくなかったが、これまでも、おりきはそうやって生きてきた。

「おっ養母さん。あたいはここにいたい」

「なら、いなさい。徳兵衛さんに頼んであげるから」

「いや、おっ養母さんといっしょじゃなきゃ」

「だったらぐずぐずいわない」

ひとつを手に入れれば、もうひとつを手放さなければならない。なにもかも満足、なんてことはありえないのだ。世の中とはそういうものである。

浅草の慶養寺で、おりきは麻之助の胸に抱かれた。悲しい別離から十年も経ったのに、互いを想い合う気持ちはあのころのままだとわかった。うれしかった。もう死んでもいいとさえおもった。

徳兵衛の話では、麻之助は妻女に先立たれて独り身だというから、身分上は夫婦にはなれなくても、寄りそって生きることはできるかもしれない。

けれど――。

洲崎へ帰りついたとき、おりきは心を決めていた。

船宿をたたんで見知らぬ地へゆき、おさいでもおりきでも、おとよでもおらんでもない女になる。秘めた恋は、後生大事に胸の奥にしまっておこう。寂しくなったらとりだして、思い出にひたればいい。これまでずっとそうしてきたように。麻之助はいつだって、この胸の中に棲《す》んでいるのだから……。

「おっ養母さん、ほら、あそこ」

「あら、いやだ。置き忘れるとこだった」

おりきは台所の竈《かまど》のかたわらに置かれたままの長煙管を、ひょいとつまみあげた。

「もういっぺん、すげかえてもらいたかったねえ」

明り取りの窓にかざしてみる。紅色の細身の羅宇は、申し分なく美しく、そのくせ気のせいか、脂気が指にまで染みつくようにおもえた。

前掛けでこすっても、筒の中までは拭けない。

「さあ、残りをやっちまおう」

長煙管をぐいとふところへさしこんで、おりきはたすきの紐を結びなおした。

梅川忠兵衛

東洲斎写楽「二世市川高麗蔵の亀屋忠兵衛と中山富三郎の梅川」

一

ヒマだと腹がへる。

起きたてに台所で、冷や飯に湯をぶっかけたのを二膳食った。もう一膳……と茶碗を突きだしたら、

「痩せの大食いが。おまはんにゃ食わせ損や女将《おかみ》さんもいうてはる。おかわりはおまへん。ほれ、行った行った」

じゃけんに追いだされた。なんとまあ、いけすかないったら……。

「あの、しみったれ婆」

遣《や》り手婆のおかねの顔を思い浮かべて、小梅《こうめ》は舌打ちをする。

とはいえ、逆らえば二膳が一膳になるだけだ。すごすごと退散するしかなかった。太《た》夫《ゆう》や天神《てんじん》なら大きな顔もできるが、端女郎《はしじょろう》の分際で文句はいえない。

ここ京の島原《しまばら》遊郭には、客を接待する揚屋《あげや》とは別に、揚屋へ送りこむための女郎を抱える傾城屋《けいせいや》があって、その傾城屋も、高位の太夫や天神を置く見世《みせ》と安手の端女郎を置

く見世とに分かれていた。両者は天と地ほどの差がある。

うちなんか、どうせ死ぬまで端女郎やし――。

小梅は表座敷にしどけなく横座りになって、物憂げに格子の外に目をやった。下之町《しものちょう》の人出はぽつりぽつりで、揚屋町の方角から流れてくる音曲や人声にもひところのような活気はない。そもそも島原は辺鄙《へんぴ》な上に格式ばっているのが敬遠されるのか、近年は衰退がきわだっていた。そんな中で島原へ足をむける客は、島原なればこその多芸多才な遊女を求める。端女郎にはそうそうお呼びがかからない。

それでも――腹ぺこだの退屈だの――待遇に不満はあるものの、ここから抜けだす算段をする、などという才覚は、小梅にはなかった。他に比べるものがないせいもあったが、生来がのんきな質《たち》なので、ま、こんなもんか、とあきらめている。太夫や天神になれば豪華な装束で綺羅《きら》を飾り、美味いものを腹いっぱい食えるが、一方で踊りやら唄やら三味線やら、茶の湯だ俳諧だと稽古に励まなければならない。頭のわるい自分に覚えられるとはおもえなかった。そんなことであくせくするくらいなら、ヒマをもてあましているほうがまだマシである。

「せやけどなあ……こないにぱったしやと、なんや寂しなあ」

十人並みの器量だから、白粉《おしろい》を塗りたくれば傾国の美女にも化けられる。貧弱な体つきも、小袖の下に真綿でも巻きつければごまかせる。

「あかんあかん。あんたはアホやし、ものぐさやし、大食らいやのに瘦せっぽちで色気のイの字もあらへんし、唄のひとつ、うたえんやろ。ええか。溺れてすがる藁、いうたら愛嬌や。ほれ、ニコニコ笑うてみ」

女将にこんこんと諭《さと》された。ほうかいな……と首をかしげながらも、小梅はくちびるの両端を上げてニッと笑ってみる。

「なに、にやにやしてはるん？　気味わるぅ」

端女郎仲間の菖蒲《しょうぶ》が忍び笑いをもらした。あげる、と袂《たもと》から牡丹餅《ぼたもち》をとりだして、小梅の手のひらにのせる。

「ひやー、美味そ」

持つべきものは同僚である。

「客からもろたんや。めっからんよう食べ」

「ふん。だれも見てへんて」

小梅は早速ぱくついた。

「幸せやわあ。腹、へっとったんや」

「あんたはいつかて腹ぺこやな」

菖蒲は手を伸ばして、小梅が膝の上にぱらぱらと落とした餅の粉を払ってやる。

「ヒマやもん、しゃあないわ」

小梅はまだ名残り惜しそうに指を舐めている。

「ヒマなんは皆おんなしや。祇園《ぎおん》へ通うお人が増えたさかい、こっちは閑古鳥。あっちはな、お客はんが列なしとるそうやで」

「なんで祇園やのん？　なにがええんやろ。ええ妓《こ》がおるんかいな」

「あれ、知らんの」菖蒲は小梅の耳元に口を近づけた。「梅川《うめがわ》人気や」

「梅川？」

「梅川忠兵衛《ちゆうべえ》の梅川や。近松門左衛門《ちかまつもんざえもん》やらいうお人がほれ、書かはった人形浄瑠璃、『冥途《めいど》の飛脚《ひきやく》』とかいうやつ……春に大坂の竹本座《たけもとざ》にかかって評判になっとった……」

小梅がきょとんとしているので、菖蒲はあらすじを教えた。

梅川は大坂新町《しんまち》の売れっ妓の遊女だった。飛脚宿亀屋《かめや》の養子の忠兵衛は梅川にぞっこんになり、身請けをしたのはよいが預かった封金《ふうきん》に手をつけてしまった。二人は忠兵衛の実家のある大和国新口村《やまとのくにのにのくちむら》へ逃げたものの捕縛されてしまう……端折《はしょ》っていうとそんな話らしい。

「うちもお客はんから聞いただけやさかい、ようは知らんけど……」

「傾城屋に人形飾ってどないするんや？」

小梅はそもそも人形浄瑠璃がなにかもわからない。

菖蒲は噴きだした。

「ほんま、アホやなあ。梅川は、人形やのうて人や。女子《おなご》や。それもうちらみたいな。新町の遊女が牢へ入れられたって、一昨年、大騒ぎになったの、覚えてへんの？　忠兵衛は死罪になったけど、梅川はご赦免になって、ほんで、祇園へ鞍替えしはったんやわ」

忠兵衛が処刑されたのは一昨年末だそうで、今春には早くもこの実話をもとにした浄瑠璃が上演されたというから、いかに梅川忠兵衛が巷の関心を集めたかよくわかる。

「ほんなら梅川は、心中の片割れ、いうわけやね」

「心中やないけど、ま、似たようなもんか。遊女が男はんと手に手をとって道行《みちゆき》したんやし。ほんでもって追われて逃げて、逃げて追われて、とうとう男はんの在所で捕まってもうた。男はんは刑場の露と消え、遊女は独り遺される……涙涙のお話やさかい、だれもが顔を見とうなる。梅川は男はんが命がけで惚れぬいた女子やもん。大金払うたかていっぺん買うてみたい……そないなお客はんがぎょうさん祇園へ押しかけるんや」

「ふうん。ほないなもんかいな」

小梅は心底、驚いた。唄や踊りが上手だというならともかく、心中――といえるかどうか知らないが――しそこねただけで人気者になって、お客がひきもきらぬとは……。

「なに、しゃべくってる。いいかげんにしいや」

おかね婆が尖った声をかけてきた。

「菖蒲。お呼びがかかったさかい、早う仕度や」

「あーい」

菖蒲は小梅に目くばせをして腰を上げる。

小梅はまだ梅川のことを考えていた。

「どないな女子やろな。運のいいお人やなあ」

なぜか、頭から離れない。

二

はじめのうちは、ただうらやむだけだった。

毎日おもいをめぐらせていたからか、そのうちにある願望がかたちを成してきた。

「うちも、梅川に、なれへんかいな」

梅川の真似をしたらどうだろう。梅川にできたのだ、自分にもできるにちがいない。

そう。男と手に手をとって逃亡する。つまり道行。田舎へ隠れるも捕らわれ、ご赦免になったらまた廓《くるわ》へ舞い戻る。きっと評判になるはずだ。物見高い客が殺到して、島原の小梅は人気者……となれば、腹いっぱいおまんまを食える。

ほうやわ。なんでもっと早う、おもいつかへんかったんやろ――。

地道な稽古はすぐ飽きてしまうのに、こういうことならいくら考えても飽きない。それどころか、考えれば考えるほど胸が昂《たか》ぶってくる。

ええなあ、おもろいなあ——。

道行の果てに心中……の生きのこり——という箔がつけば、島原中、都中、いや、上方中で小梅の名を知らぬ者はいなくなる。近松なんとかという戯作者《げさくしや》が浄瑠璃に仕立ててくれれば御の字だ。女将も遣り手婆も文句はいえない。なぜなら、稼ぎ頭になるのだから。

「善は急げや」

ただし、問題がひとつ——。

あたりまえのことながら、道行は独りではできない。

小梅は鼻の頭にしわを寄せた。

忠兵衛をどうするか。

小梅の場合、気前のよい主人が太夫や天神と遊んでいるあいだに「せっかくの島原や、おぬしらもこれで」などと小遣い銭をにぎらされて体よく追い払われ、だったら端女郎と遊ぼうかとやって来る客が大半である。が、こいつらは一見《いちげん》だから問題外。馴染みといえば、大尽のくせに吝嗇《けち》な老舗の親父か、親の銭を失敬してこっそり遊びに来る放蕩息子か、ちまちまと貯めた銭で年にいっぺん嬉々としてやって来る日傭《ひよう》とりか……。ふところが温かで人柄もよく、小梅が「あれ買うて、これ買うて」といえば目じりを下げてホイホイ買ってくれる奇特な客もいるにはいたが、こいつは爺さんだから、道行どころか大門を出る前にへたばってしまいそうだ。

「そうやッ、あいつがいたッ」

小梅はぱちんと手を合わせた。

四条河原町《しじようかわらまち》で太物を商う、西国屋《さいごくや》の倅の萬右衛門《まんえもん》である。

西国屋はそこそこの大店で知られていた。萬右衛門とはまだ馴染みといえるほど回数を重ねてはいないが、それは出会って日が浅いからで、萬右衛門のほうは早くも小梅にのぼせあがっていた。となれば、これ以上、おあつらえむきの男がいようか。

忠兵衛がどんな男ぶりかは知らないが、芝居になるくらいだから見目のよい男だったにちがいない。それに比べて萬右衛門は、生真面目で鈍《どん》くさく、風采もぱっとしなかった。体つきは薄っぺらい上に猫背気味で、青瓢箪《あおびようたん》さながらの顔にはぱらぱらとまとまりのない目鼻がついている。道行より、ひょっとこ踊りのほうが似合いそうな……。

とはいえ、贅沢はいえない。

「ま、ええわ。あいつやったら、御《ぎよ》しやすいやろ」

どのみちお縄になればおしまいの、一時しのぎの仲である。

忠兵衛は萬右衛門で決まり。あとはどうやってその気にさせるかだ。あれこれ考えた末に、こういうことは単刀直入がいちばんだと小梅は肚《はら》を決めた。嘘を重ねてもこっちの頭がついていかないし、こんがらかって支離滅裂になってしまいかねない。

というわけで、萬右衛門に呼ばれたとき、小梅は――それだけが唯一自慢の――長いまつ毛を蝶の羽のように上下させて、ぺたりとかたわらに身を寄せた。

「あのなあ、萬はんに頼みがおますのやけど」

ふむふむ、いうてみ……と、萬右衛門は小鼻をふくらませる。

「うちな、こっから逃げとおすのや。萬はんもつきおうてもらえまへんやろか」

「逃げる？　なんでや。なんか辛い目にあったんかいな」

「そないなわけや……いえ、ええと……へえ、ほんまはな、いっつも腹空かせておますのや。ひもじゅうて、辛うて、毎晩泣いておすのやわ」

二膳しか飯を食わせてもらえない、ともいえないので、顔を隠した袖のあいだからちらりと目だけのぞかせて、おもわせぶりにまばたきをして見せる。

萬右衛門は苦渋のまなざしになった。

「もうちいっと待っとってもらえりゃ、なんとかしてやれるやもしれんが……」

大店ではあっても、萬右衛門はまだ主人ではない。病の床にある父親はいまだ萬右衛門と異母弟のどちらを跡継ぎにするか決めかねているとの噂だから、萬右衛門も好き勝手に銭を使えず、島原の端女郎と遊ぶ程度が精一杯なのだろう。

　小梅は大仰にため息をついた。

「うち、待てん。死んでまう」

「あ、アホなこと、いうたらあかん」

「けど、ほんまにほんまやわ。もう、ここにはいてられしまへん。萬はんがつきおうてくれへんのやったら、独りで鴨川《かもがわ》へ飛びこむしかおへん」

「ま、待て。早まるなッ」

「なあ、萬はん。このとおり。な、な、うちと道行、せえしまへん？」

　小梅は手を合わせる。

「道行ッ」

　萬右衛門は小さい目をみはっている。それはそうだろう。「せえしまへん？」といわれて「ほいきた」と答えられるような話ではない。

「み、み、道行いうのんは、あの……」

「決まってるやおまへんか。その、道行やわ。正真正銘の、まっとうな、嘘偽りのない、ほんまもんの、道行どす」

「せやけど、なんでまた……」

「なんでって……せやねえ、そうやわッ。ずうっといっしょにいられるやおまへんか。萬はんは、うちといっしょにいとうないのんどすか」

「そ、そないなことは、おへんけど……」

「ほうか。なら、しゃあない。うちに惚れとる、いうたんは、口から出まかせやったんやね」

「そ、そんなッ、ちゃうちゃう、惚れとる。惚れとるわい。せやさかい、こうして通うとるんやおまへんか」

「ほんなら道行……」

「け、けど、そんなん、せえへんかて……ちいと待ってもらえば……」

「あかん。待てん。今、ここで決めてえな。するん？　しないん？　どっちや。せえへんのやったら二度と逢わへんで」

「わかった、わかったわかった。道行、上等や。おまえがそれほどしたいんやったら、ええわ、やったろやないか」

「うれしーッ。それでこそ萬はんやわ」

小梅は萬右衛門の首にかじりついた。

決行の朝、小梅は天神様に詣《もう》でた。

揚屋町の会所には、菅原道真を祀った天神の祠《ほこら》がある。大半の遊女が朝夕手を合わせるなか、小梅はこれまで一度も参拝したことがなかった。

「天神はんは学問の神さんやて。そないなもんに願掛けてどないするんや。アホらし」

そもそもなにを神仏に祈ればいいのか。親兄弟はなし、将来の望みもなし、腹いっぱいおまんまを食わせてくださいなどと祈ったところで、入れ代わり立ち代わり遊女の祈願につきあっている大忙しの神さん仏さんが耳を貸してくれるとはおもえない。

ところが、この朝はちがった。神妙な顔で手を合わせる。

「梅川はんみたいになれますように」

祈願することがある、いうのんはええなあ――。

これまで感じたことのない清々しい気分にひたりながら、傾城屋へ帰って、台所で残り飯の湯漬けをかきこむ。旅に出るならまずは腹ごしらえだ。

「なんや、早いやないか」

おかね婆がいぶかしげな顔をむけてきた。

「たまにはな、本願寺《ほんがんじ》はんにお詣《まい》りしてみよか、おもうて」

大門を出た先に西本願寺がある。

「あれまあ、いつから信心に目覚めたんや。今日は雪かいな」

おかね婆は、小梅が大門の外へ出ると聞いても平気な顔だった。

大坂の新町は知らないが、ここ島原では、遊女が大門の外へ出ることもさほどむずかしくはない。もちろん検番があり門番もいるが、そもそも島原は僻地だし、互いに顔も知れわたっているので、傾城屋の許可があれば遊女が客と出かけることにも鷹揚《おうよう》である。

「ふん。じき夏や、雪なんか降るかいな」

「おまはんの信心や、あてにならへん。どうせすぐ気ぃが変わるやろ。ええから早よ行き。女将さんにいっといてやるさかい」

小梅は、菖蒲から借りた、袖も裾もたっぷりとした小太夫鹿子《こだゆうかのこ》の小袖に――もちろん外出のために裾からげにして――黒繻子《くろじゆす》の長帯をだらりと結び、髪はこれまた大仰な大島田に簪《かんざし》をごてごてに挿《さ》して大門へむかう。なんといっても、一世一代の道行である。

門番はのんきに声をかけてきた。

「今日は暑うなりそうやな」

「へえ」

「あれれ、めかしこんで、どこ行くんや」

「本願寺はんへお詣りに。ええと、うちは下之町の……」

「小梅やろ。わかっとるわかっとる。早う行き」

「ええのん?」

「かまへん。気ぃつけて行きや」

肩透かしを食わされたような気分で、小梅はするりと門を出る。西本願寺の門前では、萬右衛門が、子供が遊山に出かけるような紅潮した顔で待っていた。

「なんやの、その恰好……」

黒縮緬《くろちりめん》の小袖を尻はしょりして、帯は紫地に派手な小紋を猫じゃらしに結び、手甲脚《てっこうきゃ》絆《はん》に甲掛草鞋《こうがけわらじ》、振り分け荷を肩に掛けて、大ぶりの蛇の目傘を閉じたまま手にしている。しかも首に巻いた手拭が、これまた華やかな紅の渦巻き模様……。

「道行いうたら遠出やさかい、旅こしらえや」

「ほうやけど……えろう派手やねえ。ほんなんやったら、すぐめっかってしまうで」

自分のことは棚に上げて、小梅は眉をひそめる。

「ええやないか。めったにないことやしな。これまでいっぺんも、こないな恰好、せぇへんかったさかい、ちょいと気張ってみたんや」

小梅は蛇の目傘にも非難の目をむける。

「あ、これか。わては観とらんけど、評判になっとった浄瑠璃、道行の場ではあいあい傘さしとるそうやで」

「梅川忠兵衛やねッ。ほうか。うちらの先達も蛇の目か。ならしゃあないな。ほな、行こか」

「ほいきたッ。ととと……どこ行くんや？」

「どこって……萬はんの在所」

「わては洛中《らくちゅう》の生まれやさかい、在所はおまへん」

「うちかて、捨て子や。在所なんてもん、あらしまへん」

どないしょう……と、二人は顔を見合わせる。

「その芝居の二人は、どこ、行かはったんや？」

「どこ、いうたかいなあ……。せや、大和の新口村や」

「ほんなら、そこへ行ってみぃへん？」

「よし。ええと、大和いうたら、どっちかいな」

「頼りないお人やなあ。御所があっちやさかいあっち……やないわ、あっちや」

なんだかんだといいながらも、二人は西本願寺に背をむけ、はずむ足取りで東の方角へ歩みだした。

三

開け放たれた襖障子のむこうに仲夏《ちゅうか》の庭が見える。

鄙《ひな》びた農家の庭には雑木と雑草が茂り、そのあいだの日の当たりのよい場所には莚《むしろ》が敷かれて、椎茸や大根が天日干しされていた。ぬるまっこい風が莚のほつれた藺草《いぐさ》をハタハタとざわめかせている。

「妙やなあ。ほんまに、どうなっとるんや。わけわからんわ」

古畳に横座りになって、小梅は大あくびをした。島原でもよくお茶をひいていたが、せっかく道行までしたというのに、ここでもヒマをもてあましている。

小梅と萬右衛門は、道に迷いながらも、なんとか大和国新口村へたどり着いた。島原の傾城屋からだれかが追いかけて来るにちがいない。早々と捕まって連れ戻されてしまえば、第二の梅川になる夢は水の泡。追っ手を警戒して身を隠しながら先を急ぎ、のんびりかまえている萬右衛門の尻を蹴飛ばすようにしての道中だった。が、なにごとも起こらず、素封家《そほうか》らしき農家に頼んで借りうけたこの小家でも、平穏すぎる毎日がつづいている。

おーい、追っ手やーい、そろそろ出てきてぇな。

大声で叫びたいほどだ。

萬右衛門はこの日も農家の手伝いに駆りだされていた。大店のぼんぼんなので、はじめのうちこそ野良仕事に二の足を踏んでいたものの、いつのまにか要領を覚え、今では自ら率先して畑仕事に加わっている。

「わては野良が性に合っとるのやもしれへんなあ」

などといいながら、縁側に並べた大根やら甜瓜《まくわうり》やらを愛しげに撫でまわす。そのたびに、小梅は顔をしかめた。

「ほれ、美味いぞ」

「いらん」

「なんや、腹いっぱい食いたい、いうてたやないか」

「腹なんか空いてへん」

「動かんからだ。畑に出てみ。腹が空くぞ」

「大きなお世話や」

萬右衛門は小梅のそばにいられるだけで大満足らしい。が、小梅のほうはそうはいかない。日に何度か辻へ出て、追っ手が来ないかと待ちわびている。

とうとう、しびれを切らせた。

「なあ、頼みがあるんやけど……」

萬右衛門を呼びつける。

「ヘッ、島原へ？　行ってどないするんや」

「ほやから、こっそり様子、見てきてほしいんやわ。うちが萬はんと逃げたこと、知らんのやもしれん。神隠しにおうた……なんて、おもうてるんやないかいな」

「そんならそれで好都合やおへんか。わてらはここで静かに暮らせる。畑耕して、子らを育てて、夫婦らしゅう……」

「夫婦ッ」小梅はぎょっと目を剝いた。「いつ、夫婦になったんや？」

「せ、せやかて皆、そうおもうてはるで。手に手ぇとって逃げたんは、夫婦になるためやおまへんのか」

　真剣なまなざしで問われれば、首を横に振るわけにもいかない。

「あのなあ、萬はん、せやさかい、うちは知りとおすのや。このままやったら、いつ連れ戻されるか、心配で夜もおちおち眠れん。夫婦になったかて、怯えて暮らさんならん。うちは気ぃが小そおすのや」

　烏が白いといわれてもうなずくのが惚れた弱味である。萬右衛門もうなずいた。小梅の元気がないのは、傾城屋へ連れ戻される不安に怯えていたからかと無理にも合点し、それならその不安をとり除いてやろうと己を奮い立たせる。

「わかった。様子、見てきたる」

「ほんでこそ萬はんやわ。ほな、だれかにいうて……やない、匂わせて……やないな……ええと、菖蒲いう妓《こ》がおるさかい、どうなってるか訊いてみてもらえんか。ほんで、ついでに、銭のほうも……」

「なにに使うんや？　ここやったら、畑耕すだけで十分食うてける」

「そうはいかん。夫婦になるんやったら、これっぽちや足らんわ」

　小梅は神隠しにあった――と、島原ではおもわれているとして、萬右衛門のほうはどうなっているのか。ただいなくなっただけでは騒ぎにならないなら、なるような算段が必要である。捕り手に追われて逃げまわるだけの……。

そう、そこが肝心なところだ。

「うちはな、きれえなべべも着とおす。おっきな家にも住みとおす。萬はんの手料理やのうて、賄《まかな》い婆を雇って、美味いもん食べとおす。なあ、お願いや。どっかでまとまった銭、こっそりつくってきとくれやす」

長いまつ毛をぱたぱたさせて、すくいあげるように見つめられた萬右衛門は、よっしゃとうなずき、勇んで出かけて行った。

萬右衛門に忠兵衛役を割りふったのはまちがいだったかとおもいはじめていた小梅だったが、つんのめりそうな後ろ姿を見送り、「ほんま、御しやすいお人やわ」などと、ほくそ笑んでいる。

数日後、萬右衛門は上機嫌で帰ってきた。

「小梅。喜べ。心配はいらんぞ」

ふところからとりだした巾着《きんちゃく》を小梅の膝元へ置き、満面の笑みを浮かべる。小梅の手をにぎろうとしたので、小梅は反射的に引っこめた。

「喜べ、いうのんは、どういうことや？」

眼光だけでなく、声まで尖っている。

「だれもおまえを捜しとらん、いうことや。とうにあきらめとったわ」

「あきらめたッ」

「もう安心や。連れ戻される心配はおへんさかい、大手を振って歩けるで」

「歩ける、いうたかてこないな田舎、どこ歩くんや。ほな……ほんなら、う、うちを、うちを捜してるお人は、だあれもおらん、て……」

「ほうや。よかったなあ。ほれ、この銭でほしいもん、買うたらええ」

小梅は茫然と巾着を見つめた。その顔は一見、安堵が大きすぎてとまどっているように見えたかもしれないが、もちろん、ちがう。

こんなはずではなかった――。

第二の梅川になって評判をとるつもりだった。梅川忠兵衛ならぬ小梅萬右衛門も、道行の果てにお縄を掛けられ、憐れ引き離されて、悲惨な末路をたどる。都はこの噂でもちきりになるに決まっている。なんとかいう戯作者が芝居に仕立ててくれればしめたもの、大当たりはまちがいない。そうすれば、傾城屋に舞い戻った小梅の顔をひと目見たさに、客は門前市をなす。もうおかね婆ににらまれることもない。おまんまは二膳が三膳になり、饅頭だって腹いっぱい食える……はずだった。

いったい、どこで、まちがえたのか。

「この銭、どないしたんや?」

暗い声で――それでも一縷《いちる》の望みを託して――小梅はたずねた。

萬右衛門は、待ってましたとばかり、晴れやかな顔で応えた。

「実家へ寄ってな、無心したんや。お父っつぁんはもう長うない。で、異母弟はわしが出てったおかげで大喜びや。このまま帰らんつもりなら、跡は継がせてもらう、そのかわり欲しいだけ持ってけと……」


小梅の夢は潰《つい》えた。というか、潰えかけている。

鄙びた田舎で、惚れてもいない──それも今や嬉々として土と戯れている──男と、老いさらばえるまで平々凡々と生きてゆく……そんなことのために道行をしたわけではなかった。かといって、いくら食べてもだれからも文句をいわれない暮らしに馴れきってしまった今は、湯漬けが三膳になったくらいでは満足できそうになかった。

梅川は日々、遠のいてゆく。

こないしてはいられへん──。

急いで策を講じなければ、ずるずると足を引っぱられ、砂の中に埋もれてしまいそうだ。しかもその砂は温かくて居心地がいいから、ぬくぬくと油断しているうちに、庭の莚の上の椎茸のように干からびてしまうにちがいない。

ざわざわと追い立てられるような焦燥にとらわれて、小梅はむくりと身を起こした。

そういえば、今になって気づいたことがある。菖蒲の話をよくよくおもい返してみると、忠兵衛が梅川と逃げたのは梅川を身請けしたからではなく、だれかから預かったものに手をつけてしまったせいだとか。これまでは銭だとおもいこんでいたけれど……。

小梅はこぶしで頭を叩いた。

「なんやったかいな……ええと、フウ、なんとか、いうてたっけ」

聞きなれない言葉だった。ちゃんと聞いておけばよかったが、道行で頭がいっぱいだったので聞き流してしまった。うちはなんてアホなんやろう。忠兵衛と梅川が逃げたわけは「なにかを盗んだ」からだ。

フウなんとか、いうのんは、なんやろう――。

小梅は目玉をまわし、頰をふくらませ、両腕をくるくるまわしてみる。

「フウ、キン……だったか。いや、フウイン……フウリン……風鈴なんかそこいらにあるもんやし……フウギン、フウジン……風神さまを担いでくのは難儀やなあ……あ、せやせや、わかったでッ」

小躍りしそうになった。

中には高価な玉を磨いてつくったものもあるという。そうだ、大家の屋敷の床の間でも目にした。

一対の風鎮《ふうちん》が、小梅の眼裏《まなうら》に浮かんでいる。

四

掛け軸は、山水画というのか、山や川や鳥が描かれている地味な墨絵で、小梅にはどこが良いのかさっぱりわからなかった。

「うちはもっと派手なんが好きや。紅だの橙だの紫だの華やかな色をぎょうさん塗りたくって、ほんでもって金粉やら銀粉やら……」

絵はともかく、軸の両端に重石としてぶら下がっている風鎮は、鈍い金色の組紐でできた房にあしらわれた三寸ほどの玉が、茜から薄紅にぼけてゆく色合いといい、鶉《うずら》の卵よりひとまわり大きいそのかたちといい、なんとも絶妙な美しさだった。

「これやこれや」

組紐の片端を輪にして軸に掛けてあるだけだから、はずすのは造作もない。もとよりおなじ敷地内である。人がいないときをみはからって母屋の座敷へ忍びこみ、左右の風鎮をとりはずして袖の中へおさめるのに、時はいくらもかからなかった。

小梅は盗んだ風鎮を寓居《ぐうきょ》へ持ち帰って、左右の手のひらにのせ、じっくりと眺めてみた。これまで宝玉とは縁がなかったので、なんの石かわからない。が、手触りからして値打ものに相違ない。なによりずしりとくる重みに胸がふるえた。

自分はこれまで、こんなふうにずしんと重さを感じるものを手にしたことが、一度でもあったか。触れるものはなにもかもぺらぺらと薄っぺらかった。軽すぎて、今しもどこかへ飛んでゆきそうだった。もし、こういうものが胸の中にあったら、あの掛軸みたいにしっかりとひとところに貼りついていられたかもしれない……。

自分のものにしたかったが、それは無理な話だ。風鎮は発見されなければ意味がない。梅川忠兵衛のように小梅萬右衛門も、大家の風鎮を盗んだ罪で捕縛されなければ……。

それから数日というもの、小梅は、役人が家探しに来るのではないか、引ったてられて詮議をうけるのではないかと、どきどきしてすごした。小梅と萬右衛門はどこの馬の骨とも知れぬ借家人夫婦である。いちばんに嫌疑がかかって当然だ。

だれも現れなかった。風鎮が盗まれたと騒ぐ者もいない。

「ああ、もう、じれったいったら。せやさかい、田舎は嫌いやわ」

小梅はやむなく萬右衛門に問いただした。

「なあ萬はん、大家はんやけど、なんかゆうてまへんどしたか」

「なんかて、なんや?」

「知らんけど……困ってはるんやないか、て。ほうや、盗人が入ったいう話、ちらりと耳にしたさかい……」

「盗人ッ。ほんまか。なに盗まれたんや?」

「知らん。せやさかい、訊いてるんやおまへんか」

「わしも知らんわ。ふうん、盗人なあ」

萬右衛門はちらばった目玉をひっつけて考えこんでいる。

「大家はんは耄碌《もうろく》してはるさかい、盗まれても気づかんのやもしれんな」

「ほんな……アホな……」

あんな目につくもん……といいかけて、小梅は声を呑みこむ。

「せやなかったら、お人よしやさかい、事を荒立てんよう、見て見ぬふりしてはるんやおまへんか。ま、会うたら訊いてみよ」

訊いてみよ、といったくせに、それからも進展はなかった。

小梅は落胆した。

大家は、だめだ。萬右衛門も、あてにならない。

世話のやけるもんばかしや——。

「萬はん。ちょいと気晴らしに出てくるわ」

小梅は風鎮を包んだ風呂敷を抱えて草履を履いた。

「へえ、めずらしなあ。どこ、行くんや」

「町や。紅白粉でも買うてこ、おもうて」

「そら、ええなあ。独りで行けるんか」

「ふん。子供やあるまいし」

町へ行けば質屋があると聞いている。見慣れぬ女が、いかにもいわくありげな風鎮を持ちこめば、質屋は盗品ではないかと疑うはずだ。番所へ報せるにちがいない。そうすれば役人が新口村へやって来るだろう。

小梅の策略など知るよしもなく、萬右衛門は鼻唄をうたいながら縄を編んでいる。

「銭、持ったか」

「買い物にゆくんや、決まっとる」

「ほな、気ぃつけて行きや」

そのあたりの、どこにでもいる、ありきたりの夫婦のようなやりとりをしている自分に気づいて、小梅は眉をひそめた。島原の小梅が、ここまで落ちぶれるとは……。

質屋の親爺は、鼈甲《べっこう》の縁の眼鏡をかけて、じっくりと風鎮を観察した。

小梅は期待をこめて待つ。

親爺は眼鏡をはずすと、もう一方の手で、小梅の膝元に風鎮を押しやった。

「うちではお預かりでけまへんな」

聞きまちがえたかと、小梅は目をみはった。

「な、なんやて？」

「いえ、高うは買えん、いうこっちゃ。ま、それでもええ、いわはるんやったら、もろときまっけど。せいぜい二十文か、がんばっても二十五文」

「なんやてッ。ほんなん、掛け蕎麦に饅頭食うたらしまいやわ」

憤然としている小梅を見て、親爺は手拭で風鎮をこすった。

「ほれな。ただの石に色つけたもんや。二十文かて大盤振る舞いやで」

どないしまっかと訊かれて、小梅は風鎮をひったくった。足音も荒く店を出る。

大家は、仮にも素封家で通っていた。床の間の掛け軸に、よもや、まがい物の風鎮を掛けていようとは……だれが考えよう。

質屋の親爺から、これほどの宝玉をどこで手に入れたのか……と訊かれたら、わざと怯えたふうを装って、新口村の萬右衛門に命じられたとほのめかすつもりだった。首尾よく事が運べば、萬右衛門を悪党に仕立てて、親爺の同情を買うことだってできるかもしれない。そう謀《はかりごと》をめぐらせていたのだ。

「なんや、こないなもん、一銭にもならん」

小梅は帰路、風鎮を小川へ投げ捨てようとした。が、腕を振り上げたものの、投げはしなかった。自分でもなぜだかわからない。

うちは、なにをやってもあかん――。

そうおもうと、涙がこぼれそうになった。ちゃっちゃと捕まって、早いとこ島原へ帰らなければ、ますます忘れられてしまいそうだ。こうしているあいだにも梅川が人気を博しているかとおもうと悔しくてたまらない。

家へ帰っても、小梅の機嫌はなおらなかった。

「ええもん、買うてきたか」

「ふん」

「なんや、なんも買わんかったんか。ほんなら、いっぺん京へ連れてったろか」

「行くかいな、そんなとこ」

風鎮を入れた包みを無造作に放りだして不貞寝《ふてね》をする。

萬右衛門は小梅のために、いつにもまして腕をふるい、採れたての野菜に川魚の夕餉をつくってくれた。町まで歩いたのと腹を立てたのとで背と腹がくっつきそうだったので、小梅は黙々と平らげ、心ゆくまでおかわりをした。

こんなに美味い飯ははじめて……そうおもったものの、もちろん口に出していうつもりはない。

萬右衛門が夕餉の片づけをはじめるのを見て、小梅はまた不貞寝に戻ることにした。お腹がいっぱいで、次なる手を考える元気はもうない。明日になれば気力がよみがえって、速やかにお縄になるための妙案がみつかるかもしれない。

寝間へ戻ると、片隅の行燈に灯が入っていた。暗闇が怖くて眠れないという小梅のために、萬右衛門が有明行燈《ありあけ》をどこかからもらってきてくれたのだ。

行燈へむけた目をすいと上に動かして、小梅はあッと息を呑んだ。壁に、大家の床の間にあった山水画が掛かっていた。しかも、軸の左右にはあの風鎮が――。

「なんやの、これはッ」

小梅は風鎮をむしりとり、自分でもびっくりするほどの大声をあげた。足を踏み鳴らし、風鎮をぶんぶん振りまわして、敷居際まで出て行く。

「なんのつもりやッ」

萬右衛門は台所の土間にいた。間のぬけた顔で振り返る。

「なんの、て……大家にゆずってもろうたんや。けっこうな値ぇやったで」

「なんでそないなことッ」

「気に入っとる、おもうたさかい。おまえのためや」

小梅は頭のてっぺんに火が点き、カッと燃え上がったような気がした。烈しい怒りに身をふるわせる。目の前が真っ白になっていた。

「なんでやッ。なんで、いつも、うちのためやのッ。もう、もう、たくさんや」

振りむいて、風鎮を掛け軸めがけて投げつける。風鎮は手前の行燈に当たり、行燈が倒れた。こぼれた火がボッと燃え上がり、掛け軸に燃え移るまであっという間。

小梅は悲鳴をあげて火中へ突進した。風鎮に飛びつく。二十文にもならないまがい物だ、しかも、それを知って川へ投げ捨てようとさえした風鎮である。それなのにどうして拾おうとしたのか。とっさのことで、考える前に体が動いたとしかいいようがない。

火が小梅の着物の袖をとらえた。

「ヒャーッ、熱ッ」

「小梅ッ。小梅ーッ」

萬右衛門が血相を変えて駆けてくる。

すべては、一瞬の出来事だった。

五

目を覚ますや、小梅はきょとんとした顔であたりを見まわした。自分が寝かされているところがどこか、わからない。農家のようだが見覚えはなかった。

「萬、はん……」

無意識に目で探したが、だれもいない。

「おかしなあ。どこ、行ったんやろ。あ、痛ッ」

左の腕に晒しが巻きつけてあった。ずきずきしている。

痛みがひどくなるにつれて、小梅の記憶も巻き戻されてゆく。転がる風鎮、燃え盛る焔、萬右衛門の叫び声……。

「萬はん萬はん萬はんッ」

「うるさいねえ、静かにおし」

見たことのない老婆が、盆をかかげて入ってきた。器に入っているのは粥のようだ。

「食いな」

「へえ。ほんなら」

腹がへっていたので早速かきこむ。味のない湯のような粥がほんのぽっちり、かえって空きっ腹がひどくなったようにおもえたが、さすがの小梅も「もう一杯」とせがむ気にはならなかった。

「ええと、萬はん……やない、萬右衛門はんはどこ?」

「火付けの悪党かい? 安心おし。お縄になったよ」

えッといったきり小梅は絶句した。こんなに驚いたことはない。なにがなにやら、わけがわからない。

「ど、ど、どうして……」

「覚えてないのかい。大家んとこから掛け軸を盗んだのをおまはんに見つかって、返してこいといわれてカッとなった。で、行燈を蹴飛ばしたら、あっという間に火が燃え上がった……大方そんなこったろうってだれかが……」

「けど、萬はんは、なんて……」

「お役人には、火を出したのは自分で、おまはんはかかわりないといったそうだよ」

「そんな……」

「ここいらの衆が総出で水かけて火を消したんだ。家は丸焼け。大家はよほど驚いたんだろうね、卒中でぶったおれていまだ眠りこけたままだって」

だれも引き取り手がいないので、とりあえず怪我が癒えるまではと老婆が小梅の看病をすることになったという。

小梅の頭はまだ混乱していた。

「萬はんは……どこ？」

「今、いったじゃないか。御番所へ連れてかれたって」

「だけど、あの人はなにも……」

「自分じゃそのつもりがなくても、行燈蹴飛ばしゃ火事になる。わかってたはずだ。とにかく火付けにゃちがいない」

「火付けなら、どうなるの？」

「わるくすりゃ火刑。でなきゃ打ち首か。火付けは重罪だよ」

小梅は凍りついた。たった今、食べたばかりの粥を戻しそうになる。

「いいかい。歩けるようになったら出てっとくれ。いつまでも居座られちゃ迷惑だ」

老婆が出て行ってもまだ、小梅は青ざめた顔で突っ伏していた。

萬はんが、死罪――。

願ったとおりではないか。忠兵衛も新口村で捕縛されて死罪になった。萬右衛門に忠兵衛の役を割り振ったのはこの自分で、これまでずっとこうなることを夢見ていたのだから。

せやけど――。

萬右衛門はなぜ、本当のことをいわなかったのか。火を出したのは自分ではない、小梅だと……。なにより、なんの相談もなく、勝手に筋書を決めてしまったのが腹立たしい。腹立たしくて悲しい。悲しくて苦しい。胸の中が焼け焦げてしまいそうだ。

「萬はん。アホ。大アホや。なんでそないなこと……アホやアホやアホやアホや……」

涙があふれた。

涙と鼻水でぐちゃぐちゃだ。

小梅は、生まれてはじめて、空腹を忘れて泣きつづけた。

泣いても悔やんでも、萬右衛門は帰って来ない。

うちは梅川や、とうとう梅川になったんや――。

自らを励まし、ともすれば悲嘆にくれそうになる心を叱りつける。自分の尻を蹴飛ばすようにして、小梅は島原へつづく道を歩いていた。

新口村の村人たちが小梅を白い目で見るのは、家にこもっていた小梅より畑仕事に勤しんでいた萬右衛門に親しみを感じていたからだろう。老婆のように悪党呼ばわりする者もいるにはいたが、多くは萬右衛門に同情して、そのぶん小梅への風当たりは強かった。針の筵に座っているくらいなら島原へ……新口村にいる意味はもうない。

なつかしい大門の前に立って、小梅はようやく安堵の息をついた。勝手知ったる門をくぐろうとする。顔見知りの門番が、けげんな顔で呼び止めた。

「小梅？　ふうん、そないなもん、おったかいな。ま、よい、通れ」

下之町へ急ぐ。傾城屋は元のままあったが、小梅がいたころよりまた一段と寂れたように見えた。ひと目で困窮しているのがわかる。

「おやまあ、だれかとおもやあ……」

おかね婆は、尾羽打《おはう》ち枯《か》らした体《てい》の小梅を見て、あんぐりと口を開けた。小梅の身の上話を聞いても感心する様子はない。しぶしぶながら女将にとりついではくれたものの、その女将も、小梅の話に、これっぽっちも関心を示さなかった。

「うちは西国屋の萬右衛門はんと道行したんどす」

「知ってますよ、そないなこと」

「だあれも追いかけて来いひんかったけど」

「そらそうや。あんたはもう、うちとことはかかわりがのうなったさかい」

萬右衛門がたっぷり身請け金を払ったと聞いて、小梅は唖然とした。

「ほやけど、うちらは新口村で……」

「どこ行こうが、あんたらの勝手や」

「へえ。けど、萬右衛門はんは火事出してもうて御番所のお役人に……」

「そら、気の毒やったなあ。ほんで、見舞金でもせびろうってのかい」

「いいえ。いいえ。もいっぺん、ここで働かせてもらえんかと……」

「ごめんこうむりますよ。あんたじゃ、もう客もつくまいし」

「せやけど、うちは、うちは道行して、心中はせえへんかったけど、一緒に逃げたお人がお縄になって……」

「だからなんや？　ええか。島原はもうしまいや。うちらみたいなとこは、いつ見世閉めようかってな話やさかい……」

おかね婆も、ここぞとばかり身を乗りだした。

「あたしゃね、おまはんは好運な妓や、こないなことから足洗って、今ごろはまっとうな暮らししてるとばかしおもうてたんや。そないなことが出来る幸せもんは五人、いや十人に一人もおらん。おまはんみたいな怠けもんがなんで……と、はじめは腹も立った。けど、ここかてこのとおりやし……。よかった、ええこっちゃおもうとったのに、呆れたドアホウやなあ。まさか、のこのこ舞い戻るやなんて……」

　小梅は追われるように見世を出る。

　物陰で話を聞いていたのか、菖蒲が駆けて来た。

「これからどないするん？」

「どないする、いうたかて……」

　菖蒲の顔を見て、小梅は梅川をおもいだした。

「梅川はんは祇園やったね」

「ああ。祇園はにぎやかやけど、梅川はもうおらんで」

「おらん？　大評判やて……」

「ふん。せやけど、あんなん、そうそうつづかんわ。おもしろがって顔見たら、そんでしまいやもん。見る見るお客はんが来んようになって……ほんで、雲隠れや」

　小梅は目をしばたたいた。

「梅川はん、ほんまに、雲隠れしてもうたの？」

「売れんようになったら食うていけんさかい、追いだされたんやろ。伏見《ふしみ》に身内がおるいう話もあるし、どっかで尼になったいう話もあるそうやけど……」

　梅川は大人気で、客が門前市をなしていると聞いていた。あれからまだ一年も経っていない。あまりのことに、小梅は言葉を失っている。

「うちかてな、いつまでここにいられるか、わからんわ」

菖蒲は袖口から干からびた饅頭をとりだした。餞別のつもりか、「あげる」と小梅ににぎらせるや、ぱたぱたと駆けて去ってしまった。

饅頭を見つめたまま、小梅は放心している。

六

稲荷山《いなりやま》から吹き下ろす風が、木々の香りを運んでくる。時鳥《ほととぎす》や仏法僧《ぶっぽうそう》の声が喧《やかま》しい。初夏、伏見深草《ふかくさ》の朝だ。

深草は大和街道を南へ下って桃山《ももやま》へ出る手前の丘陵地帯で、大小の寺社が点在している。宝塔寺《ほうとうじ》もそのひとつ。『大鏡《おおかがみ》』によれば、落とした琴の爪を探すようにと仁明《にんみょう》天皇に命じられた藤原基経《ふじわらのもとつね》が、爪を見つけた場所に建立したのが極楽寺《ごくらくじ》。のちに日像《にちぞう》上人が入山、応仁《おうにん》の乱で焼失したあと再建されて、宝塔寺になったという。

その宝塔寺のかたわらの小道の先に、萱葺《かやぶ》きの小さな庵があった。まだ真新しい。ふらりとあらわれた尼が、寺僧から昔はこのあたり一帯が極楽寺の境内だったと教えられ、ぜひともここに庵を……と奮起して建てたもので、当初は庵をかこむ柴垣の前に「極楽庵」とささやかな木札が立てられていた。

今は、街道から庵へつづく小道の入口に、「梅川庵」と太く勇ましい文字で彫られた石碑がデンと置かれている。

「ほれほれ、いつまで食うてはるんや。もう人が来はるで」

「ちゃんと食うとかな、腹、鳴ってまうわ」

「ほんまに、よう鳴る腹やな」

「かまんといて」

賄い婆に急き立てられて、尼姿の女は名残り惜しそうに箸を置いた。手鏡をとりあげて頭巾のかたちをなおし、諸々仕度をととのえた上で、となりの仏間へ入る。というといくつも座敷があるようだが、ひと間きりの座敷を襖で区切った仏間は、人が一人座ればいっぱいの手狭さだ。ただし、こちら側には円窓がしつらえてあって、庭から中がのぞける。

「ほら、おいでなすった」

賄い婆の声と同時に、小道のほうで人の気配がした。

ほな、しゃあない、はじめまひょか――。

尼姿の女は仏壇の前に座って手を合わせる。

「こちらへ」とか「しーッ、お静かに」などといいながら、賄い婆は庭へ客を引き入れた。客は一人ではないらしい。「ほう」とか「おう」とか感嘆の声が聞こえる。

しばらくして、賄い婆は「梅川はん……」と声をかけた。尼姿の女はちらりと庭へ顔をむけ、恥ずかしそうに会釈をして、それからまた仏壇にむかう。手を合わせて低い声で法華経を唱える。

この日の最初の客は二人。京から伏見へ商いに来た商人だった。こちらからはよく見えても、庭から暗い庵の中はぼんやりとしか見えない。

誦経《じゅきょう》を終えると、商人たちは「ありがたやありがたや」と尼に手を合わせ、庭の真ん中にこれみよがしに鎮座する亀屋忠兵衛の墓碑に詣でたあと、賄い婆にたっぷりと心づけを渡して帰って行った。多い日はひっきりなし、少ない日でも客が絶えることはない。中には過分な喜捨《きしゃ》や豪勢な貢物を置いてゆく者もいて、けっこうな実入りになる。

「今日もたんまりいただきましたよ」

一日が終わると、賄い婆はほくほく顔で近所の家へ帰って行った。

尼は、おもむろに頭巾をもぎとる。婆がつくって行った夕餉を食べ、仏間へ戻って位牌をとりかえる。亀屋忠兵衛の位牌から、西国屋萬右衛門の位牌に。

小梅は、はじめから荒稼ぎをするために、庵を結んだわけではなかった。

島原をあとにしたものの進退きわまり、野垂れ死に寸前。やむなくおもいついたのが、萬右衛門の実家の西国屋に泣きつくことだった。

西国屋の人々は、萬右衛門の行方を知らなかった。涙ながらに事情を語ると、だれもが驚きあわて、大騒ぎになった。

「急げッ。新口村へすぐに人をッ」

よく知らせてくれた、ここで待っているようにと、小梅は引き止められた。万にひとつ、大家が息を吹きかえせば――そしてもし、大家に萬右衛門を助けたいと願う気持ちがあれば――萬右衛門の疑いは晴れる。減刑や赦免ということも……。西国屋の人々はかすかな希みを抱いているようだった。が、小梅はとてもそんなふうにはおもえなかった。火付けは死罪と聞いている。この上、悲惨な事実を突きつけられるのは耐えがたい。

「すんまへん。もう、もう、うちは苦しゅうて……。まだ傷も痛おす」

西国屋もそれ以上、無理強いはしなかった。素寒貧《すかんぴん》だという小梅にまとまった金子を渡してくれた。

「で、これからどこへお行きなさる？」

「伏見へ」

とっさに出た言葉だった。梅川が伏見にいるかもしれないと、菖蒲がいっていた。

「身寄りはおますのか」

「いえ。けど、尼になって、萬はんの菩提を弔おうと……」

その言葉どおり、小梅は伏見へ流れて庵を結んだ。

それにしても、いつからこんなことになってしまったのか。

小梅はただ近隣の人々に、遊女が客と道行をしたあげく男に死なれて尼になった、と、話しただけだ。ところが、どこかで話がこんがらかった。皮肉なことに、気がつくと門前に、梅川の尼姿をひと目見たいという客があふれていた。

ほんなら、しゃあない、梅川はんになったるわ――。

小梅は毎晩、自分に戻って、萬右衛門の位牌に話しかける。

「萬はん。なんでやろな。うち、あんなに梅川はんになりとおしたのに」

願いが叶った。人気者になった。おまんまも腹いっぱい食える。それなのに、ちっともおもしろくない。なぜなら、萬右衛門がいないからだ。

「うちはやっぱしアホやなあ。萬はん。あんたの間のぬけた顔、もいっぺん見られたら、うち、もう、なんもいらんのやけど……」

小梅は供物の饅頭に手を伸ばして、涙といっしょに呑みこむ。

そのころ、生き返った大家のおかげで九死に一生を得た萬右衛門は、西国屋で小梅が伏見にいると聞き、一刻も早く逢いたいと急ぎ足で大和街道を下っていた。

風邪でもないのに鼻がむずむずして、ハックション、と大きなくしゃみをする。

解説

内藤麻里子

惚れ惚れするような熟達の筆に酔いしれた。市井を描いた昨今の時代小説は数あれど、『しのぶ恋　浮世七景』は特筆すべき一級品である。

説明するまでもないが、諸田玲子は一九九六年にデビュー。「お鳥見女房」シリーズ、「あくじゃれ瓢六」シリーズで人気を博し、二〇〇三年には、短編集『其の一日』で、吉川英治文学新人賞を受賞するなど注目を浴びた。一方で、『奸婦にあらず』（新田次郎文学賞）、『四十八人目の忠臣』（歴史時代作家クラブ賞作品賞）、『今ひとたびの、和泉式部』（親鸞賞）など長編小説を数多く世に送り出す。

デビュー以来、着実に培ってきた作家の業《わざ》に息を呑んだのが、『森家の討ち入り』（一七年刊）だった。吉良邸に討ち入りした赤穂浪士四十七人の中に、隣国である津山森家の旧臣が三人もいたのだ。なぜ彼らは加わっていたのか、史実をもとに絶妙な手際でその謎に迫り、なおかつ武士の矜持と男女の哀歓を描いて、万感迫る物語であった。

今また息を呑んだ出会いが本書である。いや、息を呑むと言うか、悠揚たる筆にしびれた。広重、春信、北斎、歌麿らの浮世絵から想を得た短編七本を収録している。単行本が刊行された二〇二〇年、文藝春秋の「本の話」のインタビューで、次のように話している。

「浮世絵と向き合って分かったのは、私が作家として書きたいのは、人の心模様だということです。心の奥深くにひっそりと抱えている〝しのぶ恋〟なんです。この一冊は、経験を積み重ねた今だからこそ書けた物語だと思っています」

この言葉通りの物語が並ぶ。

一話目の「太鼓橋雪景色」は、桜田門外の変が起きた朝から幕が開く。変事を耳にした夫の狼狽を、ほんの一瞬の発言で鮮やかに表し、片や妻は音もなく舞い落ちる雪に吸いこまれそうになって眩暈を起こす――。流れるような導入部に続いて妻が過去を回想し、若き日の恋が哀惜の念をもって語られる。怪我した老人にかかわり合いたくない往来の人々の姿など、随所にはっとする描写が光り、一気に本書に引き込まれた。冒頭に置くにふさわしい一編だ。人生はいくら望んでもうまくいかないことがある。失望し、それが怒りに変化するならまだましで、あきらめと哀しみを抱えてしまうこともある。こんなことをさらりと語り、成熟の境地を感じさせる。

二話目「暫の闇」は、どうしたら歌川国政の「五代目市川團十郎の暫」からこういう物語が生まれるのか、作家の頭の中をのぞいてみたいと思う秀作である。これを描いた国政こと甚助が語り手となって、ある男のおかしくも哀れな行状を語る体裁。「半道」と呼ばれるこの男、金も力も知恵もなく、ただただ蝦蔵（五代目團十郎）贔屓という半端者だ。愛すべき半端者ゆえに気がかりで、甚助はついいらぬ口出しもする。世渡りもままならない一途な男の末路が哀れでならない。そして半道につき合い続けた甚助も己の画業を見つめ、ある決断をする。二人の取り合わせが絶妙で、泣き笑いしながら心にしみいる物語だ。

三話から六話までは、幾度も絵を見返しながら読んだ。一話一話すべてに言及するのは野暮だと承知のうえで、何しろ面白くて語らずにはいられない。

三話目の「夜雨」は、まさに歌川国貞の「集女八景　粛湘夜雨」の光景が幕開けの場面となる。女房の女心と、相次ぐ辻斬りの真相が長雨を背景に不穏に絡まり合う。捕物帳の本筋に隠れた舞台裏と言えようか。世間のしがらみや、食あたりを心配する些末な日常に汲々とする生活を尻目に、女房の妄想が炸裂する。それは、ある男の人心掌握術にのせられていたせいだと後にわかる。この辺のやり取りをすんなり描く手つきはさすが。夜雨の中、一気に事件は進展し、女房に絶体絶命の危機が迫る。その時胸に去来したのは、厄介だと思っていた亭主のありがたさ。雨降って地固まるを具現化したような物語であった。

四話目「縁先物語」では、鈴木春信の三枚の浮世絵を使う。何となく少女趣味な絵柄が導き出したのは、紅顔の若侍の夢のようなアバンチュールだ。今や隠居の身となった武士が、若かりし頃に起きた火事の隠された事実を知り、記憶の底に沈めた地に赴く。かつてこの地で療養していた頃、二人の女に出会った。大店の娘と、﨟たけたその乳母だ。芳しい息、甘い囁き、紅いくちびるに溺れていくが、その先に待っていたものは——。四十年の時を経て知る事件の真相。しかも終幕でさらなる衝撃に襲われる。ここにきて、この短編の始めの一行にある癖が効いてくるように思うのだが、いかがだろうか。ミステリアスに展開し、底冷えのする余韻を残す。

葛飾北斎が「百物語　さらやしき」を描き上げるまでの、ホラーな顚末をつづるのが五話目の「さらやしき」だ。『富嶽三十六景』が出足好調の中、次作の画題に「百物語」を選んだ北斎は、「皿屋敷」を描くために舞台とされる番町の近くに越してきた。ここで七つ八つの童女に懐かれるが、何かが変だ。なるべく幽霊と思いたくない北斎の微妙な心境がおかしく、そういえば「きりきり舞い」シリーズには北斎が登場していたなと思い出す。勝手知ったるという感じで、悠々と描いている。北斎が浮世絵に取り組む姿勢にも目配りし、漏れはないのである。

第六話の「深く忍恋」は、喜多川歌麿の浮世絵そのままに、描かれている女を主人公に据えた。洲崎の船宿の女将、おりきだ。心を落ち着けるために長煙管が手放せなくなったとは、なんてうまい設定なんだろう。生涯たった一度の恋だったのに、事情があって一緒になれず波乱の人生をたどった。時間を経て、元恋人に対する復讐の企てを知り、危険を知らせに走る。そしておりきは悲しい決断を下す。しかしそれができる強さがあったからこそ、辛い人生を生き抜いてこられたのだ。女一人生きることの矜持と、ある種のあきらめが先へとつながる糧ともなる。そんなことをきっちり提示してくれた。

そして最終話「梅川忠兵衛」は人形浄瑠璃「冥途の飛脚」で大評判になった男女の道行に憧れた端女郎の、落語のような滑稽譚だ。この端女郎、瘦せの大食い、アホでものぐさ。聞きかじった梅川のように心中して生き残れば評判になって売れっ子間違いなしと思いつき、太物商の倅に白羽の矢を立て道行決行と相成った。が、なぜか思惑はことごとくはずれ、あれよあれよという間に思いもしない境遇に到る。思い出すのは道行に引きずり込んだ男の面影。収録作中、一番ばかばかしく、笑えて、幸せな一編が最後を飾った。

いろいろな趣向が見られるのが短編集を読む楽しみの一つだが、本書は趣向と言い、構成、描写と言い、そして何より登場人物たちの抱える思いや人間像が深い味わいを残す。

諸田玲子はここにきて、一層存在感を増してきたように思う。

（文芸ジャーナリスト）

初出誌「オール讀物」
「太鼓橋雪景色」　二〇一八年十二月号
「暫の闇」　二〇一九年三・四月合併号
「夜雨」　二〇一九年六月号
「縁先物語」　二〇一九年九・十月合併号
「さらやしき」　二〇一九年十二月号
「深く忍恋」　二〇二〇年三・四月合併号
「梅川忠兵衛」　二〇二〇年七月号
単行本二〇二〇年十二月　文藝春秋刊

各話扉

安藤広重

「目黒太鼓橋夕日の岡」

歌川国政

「五代目市川團十郎の暫」

William Sturgis Bigelow Collection

11.14981

歌川国貞

「集女八景 粛湘夜雨」

鈴木春信

「縁先物語」「お百度参り」「丑の時参り」

葛飾北斎

「百物語 さらやしき」

喜多川歌麿

「深く忍恋」

東洲斎写楽

「二世市川高麗蔵の亀屋忠兵衛と中山富三郎の梅川」

DTP制作 ローヤル企画

文春文庫

しのぶ恋《こい》
浮世七景《うきよしちけい》

定価はカバーに
表示してあります

2023年11月10日　第1刷

著　者　諸田玲子《もろたれいこ》
発行者　大沼貴之
発行所　株式会社 文藝春秋

東京都千代田区紀尾井町 3-23　〒102-8008
TEL 03・3265・1211(代)
文藝春秋ホームページ http://www.bunshun.co.jp

落丁、乱丁本は、お手数ですが小社製作部宛お送り下さい。送料小社負担でお取替致します。

印刷製本・TOPPAN

Printed in Japan
ISBN978-4-16-792128-6

（　）内は解説者。品切の節はご容赦下さい。

諸田玲子
あくじゃれ
瓢六捕物帖

知恵と機転を買われて牢から解き放たれた粋な悪党・瓢六と、不承不承お目付役を務める堅物同心・篠崎弥左衛門の凸凹コンビが、難事件解決に活躍する痛快時代劇。（鴨下信一）
も-18-2

諸田玲子
こんちき
あくじゃれ瓢六捕物帖

色男・瓢六は今日も大活躍。高価な茶碗を探し出したり牢名主の跡目争いを解決したり。弥左衛門と八重との関係にも進展が……。粋で愉快でほろりとする、シリーズ第二弾。（高部　務）
も-18-4

諸田玲子
べっぴん
あくじゃれ瓢六捕物帖

娑婆に戻った瓢六の今度の相手は、妖艶な女盗賊。事件の聞き込みで致命的なミスを犯した瓢六は、恋人・お袖の家を出る。正体を見せない女の真の目的は？　衝撃のラスト！（関根　徹）
も-18-8

諸田玲子
再会
あくじゃれ瓢六捕物帖

大火で恋女房を失い自堕落な生活を送る瓢六。しかしやがてかつての仲間達と、水野忠邦・鳥居耀蔵らの江戸の町民たちを苦しめる〝天保の改革〟に立ち向かう。（細谷正充）
も-18-11

諸田玲子
破落戸《ごろつき》
あくじゃれ瓢六捕物帖

老中・水野忠邦と南町奉行・鳥居耀蔵という最強の敵に立ち向かう瓢六は、自分を取り戻し、弥左衛門や奈緒たちの協力を得て強敵をじわじわと追い詰めていく。（大矢博子）
も-18-12

諸田玲子
想い人
あくじゃれ瓢六捕物帖

八年前の江戸の大火で恋女房のお袖が行方不明に。以来傷心の日々を送る瓢六の許には相も変わらず難問が持ち込まれる。そんな折、お袖に似た女を見かけたという話が瓢六に伝わった。
も-18-17

（　）内は解説者。品切の節はご容赦下さい。

浅田次郎
大名倒産（上下）
天下泰平260年で積み上げた藩の借金25万両。先代は「倒産」で逃げ切りを狙うが、クソ真面目な若殿は――奇跡の「経営再建」は成るか？　笑いと涙の豪華エンタメ！（対談・磯田道史）
あ-39-20

あさのあつこ
燦《さん》　1　風の刃《やいば》
疾風のように現れ、藩主を襲った異能の刺客・燦。彼と剣を交えた家老の嫡男・伊月。別世界で生きていた二人には隠された宿命があった。少年の葛藤と成長を描く文庫オリジナルシリーズ。
あ-43-5

あさのあつこ
火群《ほむら》のごとく
兄を殺された林弥は剣の稽古の日々を送るが、家老の息子・透馬と出会い、政争と陰謀に巻き込まれる。小舞藩を舞台に少年の友情と成長を描く、著者の新たな代表作。（北上次郎）
あ-43-12

青山文平
白樫の樹の下で
田沼意次の時代から清廉な松平定信の息苦しい時代への過渡期。いまだ人を斬ったことのない貧乏御家人が名刀を手にしたとき、何かが起きる。第18回松本清張賞受賞作。（島内景二）
あ-64-1

青山文平
つまをめとらば
去った女、逝った妻……瞼に浮かぶ、獰猛なまでに美しい女たちの面影は男を惑わせる。江戸の町に乱れ咲く、男と女の性と業。女という圧倒的リアル！　直木賞受賞作。（瀧井朝世）
あ-64-3

朝井まかて
銀の猫
嫁ぎ先を離縁され「介抱人」として稼ぐお咲。年寄りたちに人生を教わる一方で、妾奉公を繰り返し身勝手に生きてきた、自分の母親を許せない。江戸の介護を描く傑作長編。（秋山香乃）
あ-81-1

朝松　健
血と炎の京《みやこ》　私本・応仁の乱
応仁の乱は地獄の戦さだった。花の都は縦横に走る塹壕で切り刻まれ、唐土の殺戮兵器が唸る。戦場を走る復讐鬼・道賢と、救いを希う日野富子を描く書下ろし歴史伝奇。田中芳樹氏推薦。
あ-85-1

（　）内は解説者。品切の節はご容赦下さい。

手鎖心中
井上ひさし
材木問屋の若旦那、栄次郎は、絵草紙の人気作者になりたいと願うあまり馬鹿馬鹿しい騒ぎを起こし……歌舞伎化もされた直木賞受賞作。表題作ほか「江戸の夕立ち」を収録。（中村勘三郎）
い-3-28

東慶寺花だより
井上ひさし
離縁を望み決死の覚悟で鎌倉の「駆け込み寺」へ——女たちの事情、強さと家族の絆を軽やかに描いて胸に迫る涙と笑いの時代連作集。著者が十年をかけて紡いだ遺作。（長部日出雄）
い-3-32

火の国の城（上下）
池波正太郎
関ヶ原の戦いに死んだと思われていた忍者、丹波大介は雌伏五年、傷ついた青春の血を再びたぎらせる。家康の魔手から加藤清正を守る大介と女忍び於蝶の大活躍。（佐藤隆介）
い-4-78

秘密
池波正太郎
家老の子息を斬殺し、討手から身を隠して生きる片桐宗春。だが人の情けに触れ、医師として暮すうち、その心はある境地に達する——。最晩年の著者が描く時代物長篇。（里中哲彦）
い-4-95

その男（全三冊）
池波正太郎
杉虎之助は大川に身投げをしたところを謎の剣士に助けられる。こうして〝その男〟の波瀾の人生が幕を開けた——。幕末から明治へ、維新史の断面を見事に剔る長編。（奥山景布子）
い-4-131

武士の流儀（一）
稲葉　稔
元は風烈廻りの与力の清兵衛は、倅に家督を譲っての若隠居生活。平穏が一番の毎日だが、若い侍が斬りつけられる現場に居合わせたことで、遺された友の手助けをすることになり……。
い-91-12

王になろうとした男
伊東　潤
信長の大いなる夢にインスパイアされた家臣たち。毛利新助、原田直政、荒木村重、津田信澄、黒人の彌介。いつ寝首をかくか、かかれるかの時代の峻烈な生と死を描く短編集。（高橋英樹）
い-100-1

（　）内は解説者。品切の節はご容赦下さい。

伊東　潤
潮待ちの宿
時は幕末から明治、備中の港町・笠岡の宿に九歳から奉公する志鶴。薄幸な少女は、苦労人の美しいおかみに見守られ逞しく成長する。歴史小説の名手、初の人情話連作集。（内田俊明）
い-100-6

宇江佐真理
幻の声
髪結い伊三次捕物余話
町方同心の下で働く伊三次は、事件を追って今日も東奔西走。江戸庶民のきめ細かな人間関係を描き、現代を感じさせる珠玉の五話。選考委員絶賛のオール讀物新人賞受賞作。（常盤新平）
う-11-1

宇江佐真理
余寒の雪
女剣士として身を立てることを夢見る知佐は、江戸で何かを見つけることができるのか。武士から町人まで人情を細やかに描く七篇。中山義秀文学賞受賞の傑作時代小説集。（中村彰彦）
う-11-4

上田秀人
奏者番陰記録
遠謀
奏者番に取り立てられた水野備後守はさらなる出世を目指し、松平伊豆守に服従する。そんな折、由井正雪の乱が起こり、備後守はその裏にある驚くべき陰謀に巻き込まれていく。
う-34-1

上田秀人
本意に非ず
明智光秀、松永久秀、伊達政宗、長谷川平蔵、勝海舟。歴史の流れの中で、理想や志と裏腹な決意をせねばならなかった男たちの無念と後悔を描く傑作歴史小説集。（坂井希久子）
う-34-2

冲方　丁
剣樹抄
父を殺され天涯孤独の了助は、若き水戸光國と出会う。異能の子どもたちを集めた幕府の隠密組織に加わり、江戸に火を放つ闇の組織を追う！　傑作時代エンターテインメント。（佐野元彦）
う-36-2

海老沢泰久
無用庵隠居修行
出世に汲々とする武士たちに嫌気が差した直参旗本・日向半兵衛は「無用庵」で隠居暮らしを始めるが、彼の腕を見込んで、難事件が次々と持ち込まれる。涙と笑いありの痛快時代小説。
え-4-15

（　）内は解説者。品切の節はご容赦下さい。

逢坂　剛・中　一弥　画
平蔵の首
深編笠を深くかぶり決して正体を見せぬ平蔵。その豪腕におののきながらも不逞に暗躍する盗賊たち。まったく新しくハードボイルドに蘇った長谷川平蔵もの六編。（対談・佐々木　譲）
お-13-16

逢坂　剛・中　一弥　画
平蔵狩り
父だという「本所のへいぞう」を探すために、京から下ってきた女絵師。この女は平蔵の娘なのか。ハードボイルドの調べで描く、新たなる鬼平の貌。吉川英治文学賞受賞。（対談・諸田玲子）
お-13-17

乙川優三郎
生きる
亡き藩主への忠誠を示す「追腹」を禁じられ、白眼視されながら生き続ける初老の武士。懊悩の果てに得る人間の強さを格調高く描いた感動の直木賞受賞作など、全三篇を収録。（縄田一男）
お-27-2

奥山景布子
葵の残葉
尾張徳川の分家筋・高須に生まれた四兄弟はやがて尾張、一橋、会津、桑名を継いで維新と佐幕で対立する。歴史と家族の情が絡み合うもうひとつの幕末維新の物語。（内藤麻里子）
お-63-2

奥山景布子
音わざ吹き寄せ
音四郎稽古屋手控
元吉原に住む役者上がりの音四郎と妹お久。町衆に長唄を教えているが、怪我がもとで舞台を去った兄の事情を妹はまだ知らない。その上兄には人に明かせない秘密が……。（吉崎典子）
お-63-3

大島真寿美
渦
妹背山婦女庭訓　魂結び
浄瑠璃作者・近松半二の生涯に、虚と実が混ざりあい物語が生まれる様を、圧倒的熱量と義太夫の如き心地よい大阪弁で描く。史上初の直木賞＆高校生直木賞W受賞作！（豊竹呂太夫）
お-73-2

岡本さとる
仕立屋お竜
極道な夫に翻弄されていたか弱き女は、武芸の師匠と出会ったことで、過去を捨て裏の仕事を請け負う「地獄への案内人」となった。女の敵は放っちゃおけない、痛快時代小説の開幕！
お-81-1

岡本さとる
悲愁の花
仕立屋お竜
「地獄への案内人」となったお竜と井出勝之助。その元締めである文左衛門には、忘れられない遊女との死別があった。あることをきっかけに、お竜はその過去と向き合うことになり……。
お-81-2

岡本さとる
名残の袖
仕立屋お竜
加島屋に縫子として通うことになったお竜。店の女主人は亡くなっており、主人と息子・彦太郎が残されていた。懐いてくる彦太郎に母性をくすぐられるお竜だが運命は無惨にも……。
お-81-3

海音寺潮五郎
天と地と
（全三冊）
戦国史上最も戦巧者であり、いまなお語り継がれる武将・上杉謙信。遠国の越後でなければ天下を取ったといわれた男の半生と、宿敵・武田信玄との数度に亘る川中島の合戦を活写する。
か-2-43

加藤　廣
信長の棺
（上下）
消えた信長の遺骸、秀吉の中国大返し、桶狭間山の秘策――。丹波を訪れた太田牛一は、阿弥陀寺、本能寺、丹波を結ぶ〝闇の真相〟を知る。傑作長篇歴史ミステリー。（縄田一男）
か-39-1

風野真知雄
耳袋秘帖
眠れない凶四郎（一）
妻が池の端の出合い茶屋で何者かに惨殺された。その現場に立ち会って以来南町奉行所の同心、土久呂凶四郎は不眠症に。見かねた奉行の根岸は彼を夜専門の定町回りに任命。江戸の闇を探る！
か-46-38

風野真知雄
耳袋秘帖
南町奉行と大凶寺
深川にある題経寺は正月におみくじを引いたら大凶ばかり、檀家は落ち目になり、墓をつくれば死人が化けて出る。近所の商人から相談された根岸も、さほどの事とは思わなかったのだが。
か-46-43

門井慶喜
ゆけ、おりょう
「世話のやける弟」のような男・坂本龍馬と結婚したおりょうは、酒を浴びるほど飲み、勝海舟と舌戦し、夫と共に軍艦に乗り長崎へ馬関へ！　自立した魂が輝く傑作長編。（小日向えり）
か-48-7

（　）内は解説者。品切の節はご容赦下さい。

梶　よう子
一朝の夢
朝顔栽培だけが生きがいで、荒っぽいことには無縁の同心・中根興三郎は、ある武家と知り合ったことから思いもよらぬ形で幕末の政情に巻き込まれる。松本清張賞受賞。（細谷正充）
か-54-1

梶　よう子
赤い風
原野を二年で畑地にせよ――。川越藩主柳沢吉保は前代未聞の命を下す。だが武士と百姓は反目し合い計画は進まない。身分を超え、未曾有の大事業を成し遂げられるのか。（福留真紀）
か-54-4

梶　よう子
菊花の仇討ち
変化朝顔の栽培が生きがいの同心・中根興三郎は、菊作りで糊口を凌ぐ御家人・中江惣三郎と知り合う。しかし、興三郎は中江と間違えられ、謎の侍たちに襲われて……。（内藤麻里子）
か-54-5

川越宗一
天地に燦たり
なぜ人は争い続けるのか――。日本、朝鮮、琉球。東アジア三か国を舞台に、侵略する者、される者それぞれの矜持を見事に描き切った歴史小説。第25回松本清張賞受賞作。（川田未穂）
か-80-1

川越宗一
熱源
日本人にされそうになったアイヌと、ロシア人にされそうになったポーランド人。文明を押し付けられた二人が、守り継ぎたいものとは？　第一六二回直木賞受賞作。（中島京子）
か-80-2

木内　昇《のぼり》
茗荷谷の猫
茗荷谷の家で絵を描きあぐねる主婦。染井吉野を造った植木職人。画期的な黒焼を生み出さんとする若者。幕末から昭和にかけ各々の生を燃焼させた人々の痕跡を掬う名篇9作。（春日武彦）
き-33-1

木下昌輝
宇喜多の捨て嫁
戦国時代末期の備前国で宇喜多直家は、権謀術策を縦横無尽に駆使し、下克上の名をほしいままに成り上がっていった。腐臭漂う、希に見る傑作ピカレスク歴史小説遂に見参！
き-44-1